南九州温泉めぐりといろいろ体験

銀色夏生

幻冬舎文庫

南九州温泉めぐりといろいろ体験

銀色夏生

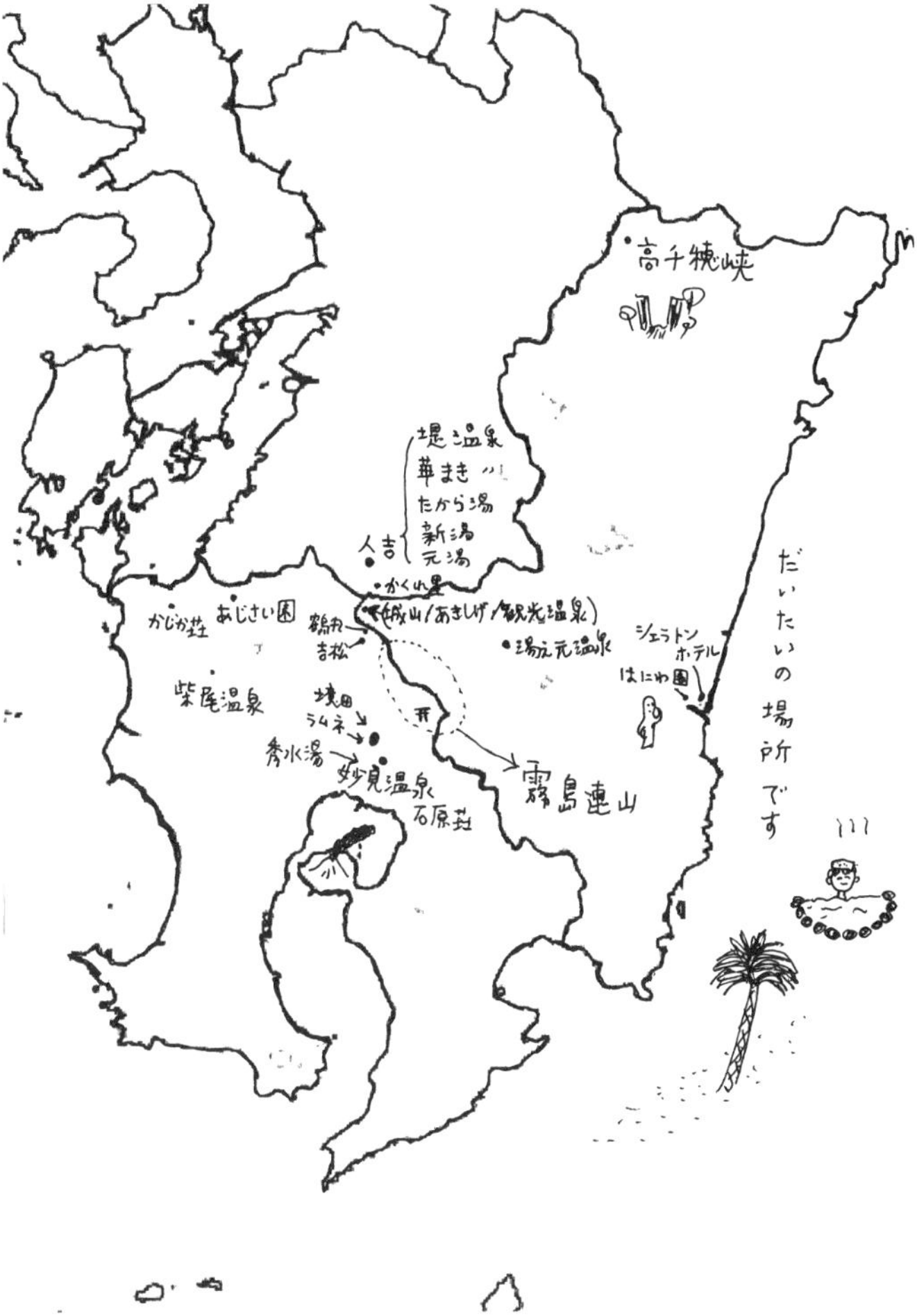

高千穂峡
堤温泉
華まき川
たから湯
新湯
元湯
人吉
かくれ里
城山/あきしげ/観光温泉
湯之元温泉
シェラトンホテル
はにわ園
かじか荘
あじさい園
鶴丸
吉松
紫尾温泉
境田ラムネ
秀水湯
妙見温泉
石原荘
霧島連山
だいたいの場所です

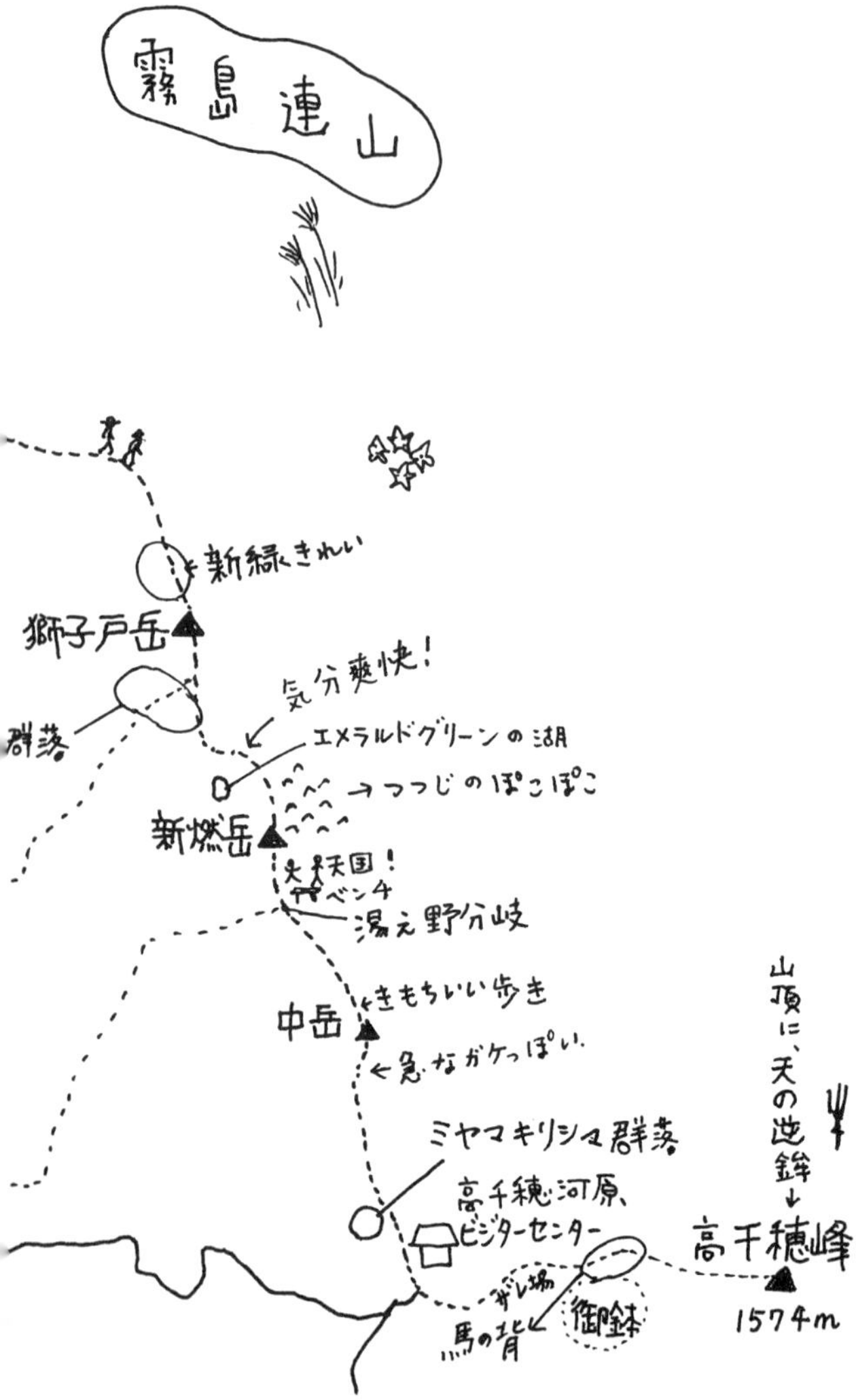
霧島連山
新緑きれい
獅子戸岳
気分爽快！
群落
エメラルドグリーンの湖
つつじのぽこぽこ
新燃岳
天国！
ベンチ
湯之野分岐
きもちいい歩き
中岳
急なガケっぽい
ミヤマキリシマ群落
高千穂河原、ビジターセンター
山頂に、天の逆鉾
高千穂峰
1574m
ザレ場
馬の背
御鉢

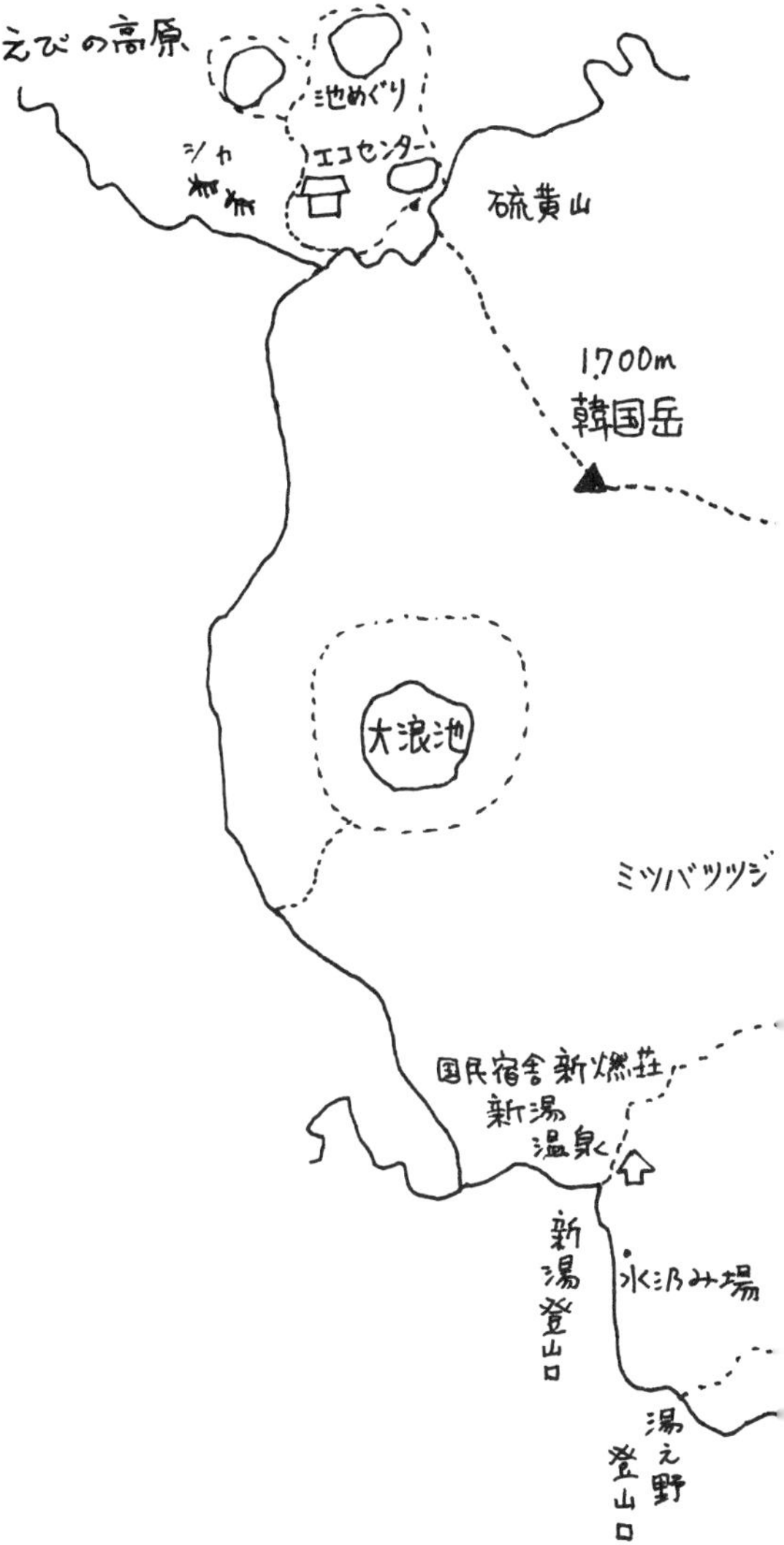

えびの高原
池めぐり
エコセンター
シカ
硫黄山
1700m
韓国岳
大浪池
ミツバツツジ
国民宿舎 新燃荘
新湯温泉
新湯登山口
水汲み場
湯之野登山口

目次

みなさんこんにちは。私の家のある宮崎県の西のはしっこから行ける温泉やその他いろいろ、興味のある場所に行って体験したことや思ったことをつらつらと記録してみました。同行者はくるみちゃんという小学校時代の同級生です。小学校の頃はそれほどしゃべってなかったのですが、家を建てたらすぐ近所になったのでちょくちょく会うようになりました。書いてある内容はその当時の情報や値段なので今は変わってるかもしれません。主に２００６年から２００７年にかけての体験です。本文とその写真には通し番号を入れました。レイアウトの都合上、写真の方の順番は前後していますので見づらいかもしれませんがご了承ください。

まず、春から夏にかけて、近所の山へ、何回か山登りにチャレンジしました。それほど険しくない初心者向けのコースです。

登山・韓国岳、新燃岳、大浪池

山の名は、霧島連山。10あまりの山と湖をめぐる、いくつもの登山コースがある。

鹿児島地図センター発行の地図セットの中の説明によると、

「霧島（霧島・屋久国立公園）

鹿児島県と宮崎県の県境に位置し、総面積20247ヘクタール、標高500メートル以上の高原で、日本有数の火山と火口湖を有する複合火山です。

自然環境では、四季折々の植物が咲き、この地だけに樹勢するノカイドウ、春はミヤマキリシマ、キリシマミツバツツジ、動植物はシカ、野ウサギ、昆虫、野鳥、冬飛来するカモ類、樹氷もみられ、風光明媚な景勝地『霧島山』として、親しまれています」

まずは、学校の遠足でよく行った韓国岳《からくにだけ》へ登った。標高1700メートル。

2005年4月15日。快晴。おにぎり、大2個。

9時、登山開始。行く前は及び腰だった。登山なんてずっとしてないし、好きでもないから。でも、どういうわけか今回、挑戦してみたくなった。登山口まで車で行った。

開始直後からずっと同じような登りが続き、息が切れる。あっという間に苦しくなる。途中まではずっと樹木の中で木しか見えない。まわりをよく見るときれいな小さな花が岩に咲いている。

10時20分着。5合目からは、ぱっと視界がひらけて、遠くが見えた。霧島連山の中では最高峰だけど、ひたすら登るだけのコースなので、あまり面白味はない。

見渡すと、まわりに人は数人しかいない。

でも山頂は気持ちがいい。う〜んと空を仰ぐ。さすがに風はやや寒い。鹿児島の桜島、もっと遠くの開聞岳《かいもんだけ》も見えた。

火口をのぞめる岩の上から下を見る。そして、その岩を横から見たらゾッとした。岩が谷に張り出していて、そこが崩れたらそのまま火口にまっさかさまだ。

すこし休憩してから、下山開始。寒いし、お弁当を食べるには時間が早いので、もう下山することにした。見ると、下の駐車場にたくさんのバスが。何十台もの大きなバスが駐車場に止まっているのが見える。しばらくすると、細い登山道の下からガヤガヤした声と、妙に熱い熱のかたまりみたいなものがもわっとのぼってきた。身を堅くして立ち止まっていると、その熱い空気のかたまりの中に高校生たちがいて、そのまま途絶えることのない高校生の列とそれをとりまく熱い空気が続いていく。そっと身を細くしてすれ違う……すれ違う……細い道ではお互い譲り合う。次から次と、せまい登山道を延々と、高校生たちが登ってくる。

ジャージの高校生たちのまわり全体をおおっている空気のかたまりが息苦しい。ジャージ！　熱くまるいかたまりがもわっと！　ジャージ！　汗の熱い匂《にお》い！　ジャージ！　熱いかたまり！　何十ものジャージ！　何百もの動くジャージの列！

オオ！　NO〜！

やっとの思いで、そこを抜け、下のひろびろとした硫黄《いおう》の山「賽《さい》の河原」というところにでる。へとへとになった。新鮮な空気を吸い込む。横を見ると、まだこれから登ろうとする高校生のジャージの列はつながっている。いろんな高校からやってきているようだ。

早めに登って早めに下りてきてよかったね〜と言いながら、おにぎりを食べる。

ここはかつて、白い蒸気がもくもくとふきあがり、硫黄のにおいがたちこめていたところだが、現在は、ほんのわずか、

なごりがある程度。硫黄のにおいはするけれど、蒸気はほとんどでていない。私は外でおにぎりやお弁当を食べるのがちょっと苦手。いい時はいいのだけど、気持ちが悪くて落ち着けない時もある。なんか、虫とか妙なものを見ちゃうと、とたんに気持ちがブルーになる。案外、アウトドアが苦手なのだ。いつもささっと、変なものを発見しないようにして歩く。

それから、帰る途中にある「白鳥《しらとり》温泉、下の湯」というところに行く。ここに入ったら登山の疲れがとれて次の日に足が痛くなかったという噂《うわさ》をきいたから。登山のあとの温泉はいい。この白鳥温泉には上の湯もあって、そこは新しく改装されてきれいなのだけど、脱衣所や浴場が狭いのが難点。人が少ない時はいいのだけど、多いと大変。西郷隆盛も湯治に訪れたという歴史ある温泉らしい（この辺はなにかというと西郷隆盛だ。有名な人がその人しかいないのかな）。下の湯は古いけど、まだ広いだけいい。さて、お金を払って脱衣所に着いた。すると、登山靴があって、くるみちゃんが、その靴から強烈な匂いが漂ってくると言う。近づいてみる。本当だ。そこいらじゅうにこもるほどの威力だ。すぐにそこから離れていちばん端に逃げる。だれか山に登ってきたのだろうか。

翌月、5月17日。快晴。

この日も、同じ霧島連山の中の山へ登山。今度は、新湯温泉口というところから、新燃岳《しんもえだけ》まで。今日作ったお弁当は、健康的。曲げわっぱに入れた、五穀米、たまごやきなど。

8時47分、登山開始。ふたりとも新しく買った登山靴を履いている。これから頑張るために装備も整えようと、気合がはいっている。重さが心地良い。

途中、川を渡ったり、いろいろな花も咲き、景色も、バラエティに富んでいてよかった。上の方にはミツバツツジが咲いていて、トンネルになっている。このミツバツツジのトンネルは名所なんだって。ツツジを見ながら休憩していると、2人組の女性が話しかけてきた。しばらくしゃべったが、どうもそれからルートが同じなのでさかんに語りかけてくる。あまりにもうるさいので、しだいに嫌だなあと思いながら適当に対応していると、途中でサングラスを落としたと言う。たぶんあそこだろうとその場所を言っていた。その人たちはこのまま別の山に向かうので、ここから引き返す私たちに、もし見つけたら保管していて欲しいと言う。はい、と言って別れる。

11時着。新燃岳の火口湖は、きれいなエメラルドグリーンだ。そこから中岳へと向かって下りていったところにテーブルと椅子があったので、その椅子にすわって昼食。ここから見える新燃岳の斜面には木道が続き、まるで天国みたいだ。

気持ちがいい。ここは私のお気に入りになった。これから天国と呼ぶことにする。

11時40分下山。

さっきの女性からたのまれたサングラス、ふたりで面倒くさいねと言いながら、でもあるかもしれないからと一応帰りにちらちら見ながら歩いたけどなかったのでほっとした。

そして新湯温泉へ。国民宿舎新燃荘にある温泉。

ここは、大量の硫化水素を含んだ、白濁した温泉だ。

以前、この温泉にはいった時、気分が悪くなって畳に伏せて起き上がれなくなったほどインパクトの強い湯。入ったとたんに体があたたまり、数分で熱くぐったりとなる。皮膚病に非常に効果があるといわれていて、場所がら登山帰りの人もよく利用する。

その登山帰りで汗まみれの私たちは、温泉の受付へと近づいた。

お金を払うところに受付のおばちゃんが座っている。そこに行くには、靴を脱がなくてはいけない。登山靴を脱ごうと

すると、おばちゃんが、いいですよ、と言い、なにか長い棒を、ぐいっとこちらへ突き出した。その棒の先に受け皿がついていて、そこへ入浴料を入れろと言う。汗まみれの靴を脱いで、近づいてほしくないのかな。お金を払う。

そして、靴を脱いで、備え付けの下駄を履こうとすると、げたを履くな、とおばちゃんが言う。有料の休憩所を使う人だけしか、その下駄を使ってはいけないのだそうだ。

ケチだなあ、客が嫌いなのかな？　と思いながら、ふたたび靴に足をつっこんで、ザッザッと外の狭い階段を下り、温泉へと向かう。

まさに湯治場という雰囲気。若くてきれいな女の人が来たら、躊躇《ちゅうちょ》するようなムードだ。持ち帰り自由の資料（新聞などに掲載された記事をコピーしたもの。8枚もある）によると、日本の秘湯番付で西の大関といわれている。誰が決めたのかは不明（それによると西の横綱は屋久島にある平内海中温泉。海の岩場にあって、干潮時の2時間しかはいれないのだ。前に見たことがある。上から見たら男性が入っていたので、近づかないで帰った）。

ぼろぼろの建物が味があるといえばある。外に露天風呂があるが、そこは内風呂への通路わきにあって、通路から丸見えで、たいがい男性がひとりふたりはいっている。私は入ったことはない。内風呂の熱めのお湯につかると、すぐに熱くなる。出てからも、しばらくは冷めない。確かに、本当によく効きそうだ。

……でも、あの棒が、なんか、いやだった。あれですっかり、心はクールダウン。奥のトイレもすごかったよとあとでくるみちゃんが言っていた。

そのあと、続けて2回、また別のルートから新燃岳に登った。新燃岳が気に入ったのだ。6月はミヤマキリシマという小さなツツジが満開で見ごろだった。新燃岳山頂付近ではツツジがまるい形にぽこぽこと咲いていてきれい。

湯之野登山口周辺には黄色い野いちごがたくさんあったので、時々歩きながらつまんで食べた。もう左右の茂みに黄色い宝石がどっさり。でも野いちごって種が口に残るし、それほど食べがいがないのですぐに飽きる。それでもひときわ大きくて熟れてるのを見るとついつい手がのびる。

山の上で誓いをたてた。

くるみちゃん↓「禁酒」

私↓「静かな時をすごす」

翌年の2006年5月15日。ひさしぶりの山登り。大浪池《おおなみのいけ》というぐ火口湖を一周するルートを回る。台風のせいなのか、途中の道がかなり崩壊していた。恐ろしいほどの陥落箇所もあり、これは危ないねといいながらまわる。見晴らしもそんなによくない。途中のツツジがきれいなところと、ちょっとだけ見晴らせるところ、新緑と湖面の静かな感じはよかった（写真1）。

帰りに、高原のレストハウスでそばを食べて、温泉に入って帰る。そばは、おいしくなかった。ついていた焼きおにぎりは冷凍だということがすぐにわかった。形で。

この日、一番印象的な出来事といえば、行きがけ、くるみちゃんがネコを轢《ひ》いたことだった。一台の対向車が走り去ったあと、一匹のネコが右の路肩からこちら側へ走ってくるのがサイドミラーの中に見えた。ん？　と思うまもなく、車の下に飛び込んだ。ぐ、ごん、というなにかがぶつかったような音がした。轢いたのではなく、ぶつかったみたいだった。

今……。

ネコが……？　振り返ると、道路の真ん中に横たわっているのが見えた。

そのまま走り続ける、くるみちゃん。

しばらくの間、おのおのが感じとった、そのときの状況を語り合う。で、轢いたのではない、轢いた感触はなかった、もしかして、脳震盪《のうしんとう》をおこしただけかもしれないと、くるみちゃんは、さかんに楽観的な予想をたてていた。が、私はただ、う～むとうなる。

遠征ランチ・宮崎市シェラトンホテル

今日は「お昼でもどこかで食べない？　それから温泉と」とくるみちゃんを誘う。軽い気持ちで。そして会ってから、さてどこいく？　なんて話していて、ふと思いついて私は高速に乗った。

「どこに行くの？」とくるみちゃんは不思議そうな顔をしている。

気がむいたので宮崎のシーガイア隣のホテル、シェラトン・グランデ・オーシャンリゾートに行こうと思ったのだ。どんどん走って1時間ちょっとで着いた。私たちの家はちょうど宮崎県と鹿児島県と熊本県の県境にあるので、なんとなくどこにも属していないような気がする。くるみちゃんは、こんなところまで来た……と笑ってる。

それからエレベーターに乗って上の見晴らしのいいレストランに行く。イタリアンだ。受付に、ドレスコードがなんとかって書いてある。はっ、そこで私は自分をふりかえってみた。この格好は……、近所に行くつもりだったので、なんとも気ままな格好。ジーンズにシャツ。くるみちゃんも、いつもならきれいにしてるのに今日にかぎって靴も変。

「ご予約されてますか？」とたずねられ、冷や汗をかきながら「いいえ」と答える。でも大丈夫だ、そう人もいなかった。それでもちょっと待たされて、しばらくして呼ばれて入る。くるみちゃんは、どぎまぎしている。私もなんか、場違いな気持ち。でもいいや。テーブルに着いて、ランチの軽いコースを注文する。くるみちゃんは苦笑している。こんなことならもっといい服を着てくればよかったと。

まあ、のんびりしゃべりながら食べていると、となりのカップルが妙に気になる。おじさんと若い女の子。女の子はきゃあきゃあ言いながら、写真を撮ってもらってる。「かわいい？」なんて自分で自分のことを言いながら。おじさんは「うんうん」なんて。不倫か？でもてない中年男とつきあってあげてんのだろうか？　どっちも恥ずかしいな、男も女も。でもふたりがそれでいいならいいのだろう。と思いつつも、会話が聞こえてくるので、どうしても聞いてしまう。うははは〜と心の中で大笑いしながら、くるみちゃんと目を見合わす。なにしろ会話がマンガというか、爆笑。どうしても聞かずにはいられなかった。

おなかいっぱいになって、そこを出る。このホテルにできた温泉に入ることにする。やけに値段も高くて、なんだかしんき臭いイメージなのだが、一度は経験してみよう。その前にホテルの中をあちこち見て回る。売店とか、展示コーナーとか。花で作ったリースのコンテスト作品の展示があったのでふらふら見ていたら、なんか甘ったるい声がしてきて、ん？と思い、見るとさっきのカップルだ。女の子がいいたいこといいながらとろとろとリースを見ている。おじさんは黙ってうしろからくっついて見ている。女の子はわがまま放題、男はいいなり。そしてふたりはそれで気持ちいい、って世界だな。こういう状態を維持できる期間は短いだろうが。

温泉へと行ってみる。受付もしゃれてる。というか、気取ってる。ひとり1500円。そしてそこから温泉までが遠い。だれもいないロビーや長い渡り廊下を歩いて進む。お客さんがいる時はいいのだろうけど、だれもいないので気分が落ち着かない。どんどん廊下を歩く。綺麗《きれい》でおしゃれっぽいんだけど、なんとなく安っぽい。もっと規模を小さくして、その分きっちりしてる方がいいのに。ただ広くて大きくて遠くて長くてもったいぶっている。でも、オンシーズンだったらこの広さもいいのかもしれない。わからない……。で、大浴場に着いた。他のお風呂もあるのだけど、離れの風呂はスイートに泊まってるお客専用で、日帰りの場合はランチ付1万円のプランしかないと書いてあった。大浴場といってもそれほど大きくない。中ぐらい。和風な。外に岩組みの露天風呂がある。1500円でわざわざ入る人もいないらしく、お客さんはポツリポツリ。宿泊客も普通の部屋に泊まってる人は同じ料金を払わなきゃいけないっていうんだから、どちらかというとみんなに来てくださいというよりも、スイートとかに泊まっている人のために特別に用意されている感が強い。そんなに余裕はないと思うんだけどね、このホテル。大丈夫なんだろうか。この風呂は失敗だとみた。楽しい一日でした。

塩浸温泉、境田温泉

「秘湯なら、ここから40分ぐらいのところに、境田温泉っていう岩盤湯があるらしいよ」

くるみちゃんが情報をつかんできた。

「なに？　それ」

「岩のあいだから蒸気がでるのかな？　岩が熱いのかな？　いい温泉なんだって。湯治場風の」

「よし。そこ、行ってみよう」

トコトコと、車に乗って行ってみた。

その手前に、坂本龍馬が妻のお龍と日本で初めての新婚旅行に訪れたという塩浸温泉《しおひたしおんせん》があるので、寄ってみる。夫妻が実際に入浴したといわれている風呂は川沿いにあり、立て看板が立っていた。見ると、本当に素朴で小さな苔《こけ》むした風呂だ。建物のベランダから写真を撮る（2、中央左の小さな露天風呂）。内湯もあったが、そこはおば様方がいっぱい芋《いも》の子を洗うように楽しげに入浴されていたのでちらっとのぞいただけで退散した。記念のタオルが販売されていた（3）。

龍馬が故郷の姉・乙女へ手紙を送り、「ここに十日ばかりもとどまりあそび、谷川の流れにて魚をつり、ピストルをもちて鳥をうち、などとまことおもしろかりし。」と書いたそうだ。

次に、境田温泉へと向かう。古くから湯治に利用されてきた歴史のある温泉らしい。気づかずに一度通り過ぎてから、引き返す。入り口の駐車場の天井に、傘が開いたままぶらさがっているので、なにかな？　と思ったら、ツバメが飛んできたのでわかった。ツバメの糞《ふん》よけだ。いくつもさがっている（4）。

入り口は普通の家の玄関みたいだ。入ると、暗くて、古い。左側の小窓で料金を払う。1時間200円。まず打たせ湯（5）というのをのぞいて見る。こわっ。薄暗く、ものすごいゆげ。あまりの息苦しさに逃げるようにしてそこから出る。それから浴場へ。狭い脱衣所には、何枚もの注意書きの紙が貼ってあった。洗面所で髪を染めないように、とか、いろいろ。

いざ入ると、中には3名ほどの人。茶色い色の温泉。広くはないスペースの真ん中にやや大きめの10人ぐらいはいれる風呂がある（6）、左側に小ぶりの四角いのがふたつ。ひとつは、砂利を敷き詰めてあり、ひとつは、石が埋め込まれていて、それを踏んで足の裏を刺激するというもの。それと、蒸し風呂。

「岩盤じゃないね」

「そうだね。岩盤じゃなかったね」

やや熱めの中央の風呂に入っていると、子ども、おかあさん、おばあちゃん、ひいばあちゃん、とおぼしき女4代がやってきた。おばあちゃんが孫を風呂につけている。

「ああ〜、いいお湯ね〜」といいながら、首までとぷんとつけたのだが、あかちゃんは、そのとたん、目をきょろきょろと見開いて、手をぎゅっと固くむすび、足をばたばたさせていやがっている。その様子がすごくおもしろいので、横目でじっと見る。

いやがる赤んぼう。でも、泣くでもなく、おりこうに、手足をばたばたさせている。かわいい。ばたばたばたばた。あついだろうに……。ばたばた。顔が真っ赤になっていく。

しばらくしたら、おかあさんがやってきて、タオルにくるんで、連れて行ってしまった。

もう見るものもないので、砂利の風呂に入ってみる。寝湯だ。ねころんで入る。すると、からだがぷかりと浮かんでしまい、どうも落ち着かない。ぷかり。不安定。

隣の、石の方に入ってみる。壁を伝って、石を踏む。ふむふむ。何回かくるくると石を踏んで回る。

次に、蒸し風呂。

1・5畳ほどの大きさ。床がすのこみたいになっていて、その下を温泉が流れているみたいだ。その蒸気でかなり熱い。狭くて、天井が低く、閉所恐怖症の人は、入れないと思う。しばらく我慢したが、すぐに出た。

水風呂にはいって、落ち着く。

また中央の湯に入る。入り口の脇に、飲用のためのお湯が流れている（7）。かなり熱い。ペットボトルを持ってきている人がいる。飲むと、いろいろといいらしい。説明書きがあった。こういうところではどこでも書いてある。自画自賛。いつも本当かな？　と思うのだが、かなりいろいろな病気が治ると書いてある。狭くて貼り紙の多い脱衣所に出て、着替えて、外に出る。建物から外に出てひとこと、「わたし、湯治場、嫌いかも」。

笑うくるみちゃん、「私も。あのバスマットで足を拭《ふ》く気になれなかったよ」

「あ、だから、すぐにスリッパを履いてたんだ。どうしてかなってぼんやり思ってた」

「あの蒸し風呂……、小さい風呂イスがあったけど、座る気になれなくてずっと立ってた」

「ああ〜、わかる……。私は座ったけど、ちょっと、それ、思った。でもいつも、温泉に行って、衛生面に疑問を感じたら、温泉が消毒作用、温泉が消毒作用、って自分にいいきかせてるんだ。なんか気休めに」

湯治場って、お湯はいいのかもしれないけど、だいたい、お客は老人ばかりで、脱衣所とか、清潔感があまりなく、寒々しい気分になることが多い。自分が老人になってからでも、いいかも。

押し黙った気分で、車に乗り込み、お昼のそばを食べに出発。

私「湯治場って、でも、どこもああいう感じなんだよね……。次は、湯治場じゃなくて、珍しい食べ物を食べるとか、景色とか見に行くのにしない？」

くるみ「うん」

私「でも、なんか、すごくぐったりと疲れた。けっこう効くのかな？」

くるみ「効きそうだね〜」

私「すごくねむい」

近くの食事処「きのこの里」で、冷やしとろろそばを注文する（8）。手打ちで、一日におよそ80食限定だそうだ。……でも80食って、この辺では別に少なくはないんじゃないかな。

それから、川沿いの喫茶ルームで珈琲《コーヒー》を飲みながら、ひまだったので、フリーペーパーというか、そこに置いてあった観光案内の情報誌をすみからすみまで、じっくりと丹念に見る。

「このパン屋のパンの写真、ものすごくおいしそうじゃないね〜。これ、いくらなんでも、ひどすぎる。笑える〜」などと言い合いながら。

くるみちゃんも、「このそばの写真が、私はいやだ。のびてるみたい」と言っていた。

夢・喫茶店

車で帰りながら。

私「さっきの川沿いの喫茶ルーム、なかなか静かで落ち着いててよかったね」

くるみ「うん。ちょっと道路から下りただけで、すごく静かだった」

私「ああいうのも、いいね。……でも、お客さんはあんまり来ないだろうね。好きじゃなきゃできないね。採算度外視。趣味だね」

くるみ「そうだね〜」

私「そういえばさあ〜。私、去年かおととし、喫茶店を作ろうって言ってなかった？」

くるみ「言ってた……」

私「なんでだろう。まったく今は、そんな気持ちがないんだけど。あの頃はまだ庭の工事中で、建物とかを作りたいモードだったんだなあ……」

くるみ「私も居酒屋をやろうって言ってたよね」

私「ああ〜、そうだった。どう？　今は」

くるみ「ぜんぜん（笑）」

私「あれから居酒屋でバイトしたりして、実情がわかったって言ってたよね。お客さんがどうとかって」

くるみ「うん」

私「実際、何が一番大変だと思った？」

くるみ「お客さんって、いろいろな人がいるから、ツケにしてって言ってお金を払わなかったり、文句いったり。お酒が入ってるからさあ。……とにかく、人の相手っていうのがむずかしいと思った」

私「飲み屋だと、特にそういうことあるんだろうね。喫茶店とかだと、そういうことはないかもしれないけど、それでも、なにかと大変そう」

くるみ「そうだね〜」

私「あ〜あ、……なに考えつくんだか、自分が信用できないよ」

くるみ「あと、観光名物になるようなお菓子を開発しようって言ってなかった？」

私「言ってた、言ってた！　なんでだろう」

くるみ「ちょっとした手土産にできるようなものがないからって」

私「持っていくとこもないのにね。ふふふ。小袋のデザインなんか考えちゃってたよ。……喫茶店作っても、あのへんで人がくるわけないよね。人が、だいいち、いないし」

くるみ「いない」
私「昼間、家にいる人は忙しいよね。たとえヒマでも、喫茶店でのんびりお茶飲むような……。そういう人、あのへんではみたことないわ。観光客もいないしね」
くるみ「いない、いない」
私「ハハハ。あそこの角の廃墟《はいきょ》みたいな家を見に行ったんだよ。不動産屋さんに頼んで。改装できないかな、って。見たら、あまりにもぼろぼろだったから、やめたけど。
　私が喫茶店をやろうかなって言ったら、みんなが皿洗いにやとってとか、調子いいこと言ってたけど、実際そうなったら、意外と二の足踏んでたりして」
くるみ「そうかも」
私「だれもやってくれなかったりして。だれもがあんなに盛り上がってたのに」
くるみ「アハハ」
私「なんだ、みんな、本気じゃなかったのか〜、ってね。重苦し〜いムードが漂ったりして。夢想してる段階だと、やるやるって、手伝うって、みんな言いがちだよね。
　あの頃、夢は広がってて、喫茶店を作って、その次は、離れ形式の温泉付き旅館を隣に作ろうかな、なんて、あれこれ考えたっけ……。土産物を売る店も作って……、ランチのメニューはこういうのとか……。

ああ～、よかった。すぐに、冷めて。今だったら、お金あげるって言われても、そんなことやりたくないよ。やっぱり、喫茶店みたいな客商売って、人が好きとか、そういうことが好きじゃないとダメだよね。私、見知らぬ人が好きでもないのに。気を遣って、息苦しくなるのに」
くるみ「ハハハ。やめたほうがいい」
私「人が好きとか、店が好き、っていうタイプの人にはいいと思う」
くるみ「うん。まあね」
私「しかも、そのあと、今度は公民館を作ろうなんて考えついて、いろんなところの公民館を見学にいったんだよ。人に案内してもらって」
くるみ「へえ～」
私「怖いよ。いったいなぜ……」
くるみ「そういう気分だったのかな」
私「うん。でも見学したら、すぐにこれは無理だとわかった。よそ者には無理。地元の人間関係の産物だよ、あれは。……今、なんか、他にやりたいことある？」
くるみ「いま？　特にないなあ～」
私「居酒屋のあと、大きな食べ物屋の経理事務かなんかやったんだよね？」

1

2

3

4

6

7

5

9

8

11

10

12

14

13

16

15

槽内ではタオルを
れないで下さい

18

19

22

21

23

25

24

28

26

31

29

30

32

35

34

37

36

39

40

41

42

43

44

45

46

47

49

48

50

51

くるみ「うん。そこは、経営難で、危ないところだった。お給料だすのも、だんだん難しくなってて。……商売ってさあ、ある程度資金があって、余裕がある状態でやるならいいけど、ローンで始めて、どんどん悪くなっていくようなところって、ゆきだるま式に借金がふくらんでいくよね」

私「私は、性格的に、商売には向かないかも。客商売は特にだめだと思う。

あと、これやったら、生活が変わりそうとか、人生がよくなりそうとか、違う意味で夢を託す時って、だいたいだめだよね。現状から逃げてるっていうか……。私にむいてるのは……、やっぱりひとりでできること。家でコツコツとものを書く、今みたいな仕事なのかな」

整体、湯之元温泉、湯之谷山荘

今日は、高原《たかはる》というところにある整体&温泉めぐり。8時15分出発。

いろいろ調べて、スケジュールをがっちりたててきた。

9時から整体。なんか、ものすごく痛いけどよく効くリンパマッサージらしい。

友人から痛いけどすごくいいよ〜と紹介されて、ずっと前から気になっていたところだ。

痛いってことは、悪いってことなんだって。子どものひどいアレルギーもそこで治ったという。今じゃ、風邪ひいてもなんでも、病院じゃなくそこへ行くと言っていた。

元気な女性の整体師さんだった。

先客が数人いて、予約してたけどしばらく待って、私からまずベッドに横になる。10分、施術、10分、超音波という段取り。

最初に足をぐりぐり。……いきなり超痛い。モーレツに痛い！

うわ〜っ！　と、心で叫ぶ。こんなのが10分も？　拷問だ。

横向きも、背中も、肩も、腕も、首も、どこもぐりぐりされて、痛い……痛い……痛い！

あまりの痛さに、思わず笑い出す。

「痛いってことは、こってるってことですか？」

「そうですね〜。力は入れてないんですよ」

ううう。

「生活習慣が悪いんですかね」

「体のねじれからですね。あと、お仕事でパソコン使ってらっしゃるなら、目から」

「なにか、普段、できることはありますか？」

「ラジオ体操はいいですよ〜」

10分我慢して、終わった。ほっとする。よかった。解放してくれた。無事、生還。もう二度と戦場には行くまい……。志願なんてしない……。敵は次の獲物を目のはしにとらえたから手を放したのだ。そのままの場所に寝て超音波を受けてるあいだ、右のベッドに次の獲物（くるみちゃん）が入ってきた。今はまだ、何も知らず……。

ふふっ、ここはどうしても痛がる顔を見なくちゃと、わざわざ寝返りを打って、そちら向きに顔を向け、待つ。

ぐりぐりぐり。

くるみ「あううっ！」

くくく。そのまま痛い施術が続くのを、静かに見る。

くるみ「ううっ。脂汗がでてきました」

見ると、顔が汗でてかてか光っている。先生が、ティッシュをわたしている。汗と共に涙もぬぐっている。

「声、出していいよ〜」と、となりからにやにやしながら声をかける。「私もね、すっごく痛かったよ」

くるみ「うううっ。う––っ」

笑いをこらえる私。

先生に「すごく我慢が利くような体ですね。我慢が利くでしょう？」といわれている。それは具合が悪くてもそう感じないということなのだろうか。

終わってから先生に、私の注意することは？　と聞いたら、触った感じでは、内臓系ではコレステロール値が高そうですね。とのこと。卵をひかえて、きなことか、食べてください、と。常連の女性の方がいて、その人は痛くないのだそう。長く通っていて、最初は痛かったけど今は平気な顔でぐりぐり押されてる。ずいぶんよくなりましたねと。重い病気だったけど先生のおかげで救われましたと言ってる人もいた。遠くからもたくさん来るようだ。

無言で車まで急ぎ、ドアを閉めた瞬間、まず大笑い。どんなに痛かったかを、ひとしきり盛んに語り合う。

くるみ「私、まず最初の足で、痛さにエビぞりになった」

私「首のつけねも痛かった」

くるみ「でも、痛そうにしてなかったじゃない。平気そうに」

私「痛い痛いって、言ってたよ。あまりの痛さに、おかしくって、かえって、笑いがこみあげてきた。もう、いきなり、まいった！　って感じ。帰りたかったよ」

くるみ「うん。でも、声だしていいよ〜、なんて隣でのん気に言ってるし」

私「ハハハ。もう終わると何でもね、言えるよね」

くるみ「あしたの午後あたりから、らくになるでしょうって言ってたね」

私「……たのしみ。悪いから痛いって、そうとも思えない痛さだったよね〜。あれ、だれだって痛いと思うよ」

（その後、肩こりがどうなったかと言うと、よくなったような、変わらないような……。もともとそれほどこってたわけじゃないし、それよりもぐりぐりされるあの痛さの方が、つらい！　もう二度と行きたくない。私は痛いのは苦手だ）

そこから近くの温泉に行く。調べた結果、決めたのは、湯之元温泉。

サイダー温泉ということだ。入り口近くに、有料で持ち帰ることのできるお湯とり場があって汲《く》んでる人がいた（9）。飲んでみると、鉄の味と、微炭酸。旅館のお風呂で、400円で入湯できる。

鉱泉風呂、檜《ひのき》風呂、水風呂などがある。この中では、鉱泉風呂を中心にはいる。色は茶色のようなオレンジ色で、いかにも温泉らしい。素朴で、あたたまる感じ（10）。

次はお昼。よく行く「がまこう庵」でそばを食べる予定。

行く途中、御《み》池《いけ》という池による。人のいない湖面を見ていると、鴨《かも》とアヒルが歩いてきた。

こっちへ寄ってくる。餌付《えづ》けされてるみたいだ。無視してると、これはエサをくれないという判断も早く、ちょっと池の水を飲んでから池にはいって、すごい速さで泳いでいった(11)。

細い坂道のところで、木からぶらさがってる花を見つけた(12、13)。初めて見る花で、とてもかわいい。丸い手まりのような。なんという花なんだろう。それ以来見たことがない。

移動中。

本の話になって、

私「私の本なんて、読んでる人、いるのかな？」

くるみ「いるよ、だって、うちの娘の高校の卒業式で誰か朗読してたって」

私「ああ。詩の本は、読んでるかもね。詩を好きな人が。詩の本とそれ以外は、なんか違う。詩を書いてる時にいる場所って、こころの場所って、違うからね。すーっとしたところに行ってる。

……私の本を、好きっていう人がいるんだろうかって、時々、自信なくなるなぁ。きのうまではいたかもしれないけど、今日からはいないかもしれないっていつも思う。自分がそうだからさ。さっきまでは好きだったけど、今はもう違うってことが多いから。嫌いになるのではなく、場面が変化して視界からいなくなるみたいな感じ。興味をもっていた気持ちが自分なりに解釈されて溶け込んで次に行くって感じ」
私「くるみちゃんって、ずっと人の世話ばかりしてるって言ってたけど、それ、結婚してから？」
くるみ「ううん。高校生の頃からかな。10年寝たきりのおばあちゃんがいたから、食事とか下《しも》の世話とか、やってたよ。あの頃はケアセンターなんてないから、お風呂も家で」
私「ああ。だから、そういうことに偏見がないんだね。旦那《だんな》さんの両親もみたんだよね」
くるみ「うん。うちの母も、両親やその兄弟の面倒をみてたっていうから、そういう……家系かも」
私「ハハハ。私も面倒みてもらってたりして！
　くるみちゃん、すっご〜い長生きして、すごい数の人の面倒みてたりして」
くるみ「ハハハ。ホント、人の世話ばっかりしてる」
私「旦那さんの仕事で引越しが多かったんだよね。何回引っ越したの？」
くるみ「青森、広島、佐世保、……、6回かな。青森がつらかった。冬になると、家が雪にうまって。雪かきばっかりで。旦那は仕事でいつもいなかったから、ほとんどひとりで育てたようなものだったよ」
私「3人の子どもを育てながら引越しにつぐ引越しって……どうだった？」
くるみ「子どもが小さい時はいいけど、中学とかになるといやがるようになって。だから、こっちに帰ってこようかって。テニスのラケット買ってあげるからってだまして。そしたらテニス部なんてないし！」
私「ハハハ」
くるみ「最初、子どもたちがこっちの学校に慣れるまですっげえ大変だったよ。田舎の中学って、制服もノータックだし、カバンもダサイって言って。みんなが同じ色に染まってるっていうか、自由がないし、ふつうにしてても不良みたいに思われて。佐世保の、米兵のいる自由な気風の町からだったから、特にね」
私「へえ〜。……それから、さっきの、旦那さんの両親を世話して、看取《みと》って、そして、おとし、旦那さんが脳梗塞《のうこうそく》でたおれて、半身にマヒがのこって、そのあとすぐ、くるみちゃんのご両親とご兄弟がやってた事業がうまくいかなくなって倒産して、夜逃げみたいにいなくなって……。世に言う不幸続きなのに、グチもこぼさず、いつも前向きだから、本当〜に感心する」
くるみ「だって、後ろをふりむいてもしょうがないし。ぐちぐち言うのもいやだし」

私「次から次へとね……。ハハハ。次、なんだろう」
くるみ「次、なんだろうね！　だいたい3年ごとにすごいのが来てる」
私「ハハハ。そっか、私、大変そうな人生なのに、大変そうに見えない生き方をしてる人が好きなんだな〜。どんな大変な目にあっても、なんか落ち着いてるよね。あわてないし……。それに、包容力あるよね〜。子どもにもやさしいっていうか……。私なんて、しつこ〜く意地悪〜くねちねち怒ったりすることがあるけど、子どもにも丁寧《ていねい》だよね〜」
くるみ「そうかなあ」
私「子どもたちの性格もよさそう。くるみちゃんがやさしいからかな？　やさしいっていうのも、弱くてやさしいんじゃなくて、利己的じゃないやさしさ、自分を押しつけないやさしさっていうか。そういうふうに見える。うちの子は、クセがあるよ。旦那さん、さあ、病気になってから、もう、子どもみたいだよね。かわいいっていうか」
くるみ「もう、小学生みたい。さくちゃん（私の当時小3の息子）にぬかれたかも。出かける時、いつも、もう行くの〜？　って」
私「でも、麻痺《まひ》してない方の左手で小屋なんか作って、器用だよね」
くるみ「ハハハ。でも押すと、ぐらぐらしてるよ！」
私「台風の時期、大丈夫かな」

くるみ「危ないかも」
私「倒れるかもね」
くるみ「風呂のそばだから、そっちに倒れてきたら壊れるかも、家が。こわ〜い」
私「ハハハ」
くるみ「ハハハ」
私「……くるみちゃんって、改めて自分の人生って考えたことないでしょう？」
くるみ「ない。いつもの目の前のことに必死で」
私「結婚したとき、好きだったの？　旦那さんのこと」
くるみ「ハハハ。別に〜。好きもなにも。近所で、昔から知ってたし、まわりの家族もみんな知ってたからね。年が離れてたから、遊んだことはなかったけど」
私「結婚したのは、いくつの時？」
くるみ「22〜23」
私「むこうに請われて？」
くるみ「うーん」
私「何回か、お茶飲みに行ったり、ご飯食べたりしたんだよね？」
くるみ「うん。何回もないほどだよ。けっこう短かった」

私「話してて、気があったの？」
くるみ「う〜ん。そこが不思議なところ。もっと長くつきあってたら、結婚しなかったかもなあ……。趣味は違ったよね。山とか、魚釣りとか興味なかったし。
　年上だったから、大人だなって思った」
私「落ち着く感じ？」
くるみ「うん。あと、なんだかでっかい人だな、って思った。体格が」
私「くるみちゃん。また、特に小さいしね」
くるみ「ハハハ」
私「結婚することに抵抗はなかったの？」
くるみ「……実は、家が複雑だったから、早く家を出たかったの。だから、相手は誰でもよかったの。……今まで誰にも言ったことないけど」
私「ふ〜ん。そういうことあるよね。でも、それも縁っていうものかもね」
くるみ「……聞くの、上手だね（笑）」
私「……それは、たぶん、くるみちゃんのプライバシーを知りたい気持ちはなくて、人間とは何か、っていう思いで聞いてるからじゃないかな（笑）。
……くるみちゃんって、よく動くし、文句も言わないし、えらいなあって、思うよ」

くるみ「……母がマイナス思考の人だったから、そういうふうにだけはなりたくないって思ってたんだ」
私「そういうのって、考え方だから、なかなか変えられないよね」
くるみ「そう。どんどん悪く考えて、出口がなくなるんだよね。どうして、って思うけど」
私「私は、人を、男性をあんまり好きになることがないんだよね。そんなに好きじゃないのかなって思ったりする。それとも、好きになれる人と出会ってないのかもしれない。
普通の夫婦とか、家庭っていうのを営んでいくのも、しょうに合わないし。結婚とか、学校とか、会社とか、自分の次の行動を自分で決められないとか、誰かにお伺いをたてなきゃいけないような環境に長くいると、すごく苦しくなる。それが続くと、病気になるかも。死ぬかも。それぐらい体に合わないんだよね。
だから、これは、それぞれの、人の種類だよねえ」
くるみ「種類……」
私「それぞれにね。それぞれに経験できる出来事があって、それぞれやるべきことをやってるっていうか。どっちがどうって比較できない気がする」
くるみ「でも、私なんて、世界が狭いと思うよ〜。だから、うらやましいなあ〜。いろんな人と知りあえるでしょ？」

私「そう見えて、実は、そうでもないんだよ。本当に、ポツンポツンとしか、友だちはできないよ。何年も時間をかけて友だちになって、それをゆっくり大事にして……というか、いつのまにか時間がたってて。そういう友だちって、長く会わなくても、大丈夫だから。

私、フフフ、3年ぐらい経過しないと、知り合いとさえ呼べないもん。

10年以上たって、やっと、遠慮しなくていいのかなあ……ずうずうしいって思われないかな……、友だちって言っても、気を悪くされないかな〜って、思う。一回しゃべっただけでも、友だちよばわりするような人がいるけど、あれ、私だったら驚き。なれなれしいっていうか」

くるみ「私も〜、そう思う〜」

私「狭い中でも、いろんなことがあって、狭いだけに、そこから抜けられないからこそ、深く考えることになるじゃん。そういう深さが大事だと思うよ。どこにもいかなくても、狭いところにずっといても、考えは限りないし……。

あっちこっち行ってても、けっこう中身は似たようなものだよ。それに伴う苦労もあるし」

くるみ「うん」

私「広くても、なんにも考えてない人もいるし、狭いから、そこで深く考えてる人もいるし……、一緒だよ。一緒っていうか、深さに挑戦したり、速さに挑戦したり、時間に挑戦したり、そこでできるなにかがあると思う。自分が今いるところで何ができるか、何をするかってことが重要なんだよね。そして、最終的に他のところではなくなぜかその場所にいるってことに関しては、ある程度、受け入れるべきことなのかもしれない」

くるみ「でも私、こうやって話、聞いてるだけで、いい刺激になるよ。私も頑張らないとって」

私「私も、くるみちゃんの状況と明るさを同時に見てると、いろいろためになる」

くるみ「なんにも考えてませんが」

私「ハハハ、料理も上手だしね。私、前に料理人を募集したことがあるんだけど、こんなとこから見つかるなんて。やっと。忘れた頃に」

今、くるみちゃんに夕食のおかずを2〜3品作って、持ってきてもらってます。子どもたちも大喜び。食卓にぱっと灯がともったよう……。

私「きのうは、くるみちゃんの料理がなかったから、おかずがしょぼくれてて、やっぱりくるみちゃんのおかずがないと、しょぼいね〜って言ったら、カーカ（娘）が、ああ、だからか、ってうなずいてた。テーブルが、薄暗かったわ」

くるみ「私、今、こうやって料理作って持って行くの、合ってる気がする。まるで、昔からやってるみたいで、違和感がない」
私「ホント？　それ、うれしいな～。昔からやってるみたいとか、前から知ってるみたいって、ポイントだよね！　それは、その選択は間違ってないってことなんだよ。
　私も助かってるよ。それに、こんなふうにいろいろ手伝ってもらえるし。丁寧だもんね。仕事が。それが、一番だよ。丁寧で、きちんとしてる。
　くるみちゃんが料理屋のお手伝いにたまに行ってる話を聞いて、開店前にお掃除してるのも、すごくきちんと一生懸命に手を抜かずにやってるみたいだし、そういうことこそ、やらない人って多いよね。掃除に手を抜くっていうか、抜こうと思えばいくらだって抜けるし。でもそこが大事なんだよね。毎日のことで、繰り返しで、何にも残らない、評価もされにくいようなことだけど、それこそがいちばん大事だと思う。誰も見ていない掃除みたいなことをちゃんとやれる人が一番信用できるよ。そして信用がいちばん大事でむずかしいと思う」
私「学校のさ、行事なんかで集まった時って、いろんな人がいるよね……」
くるみ「私、集団が苦手だから、いつもすみっこに、ぽつーんって。おいで～って呼んでくれたら、行くけど」

私「うん。うわさ話とか、いやだしね」
くるみ「そうそう」

がまこう庵に着いた。

私は、あたたかい山かけそば(14)と、食後にそばがき。くるみちゃんは、田舎かけそば。

そばがきは、黒蜜としょう油があって、黒蜜にした。そばの実の味がよくわかって、おいしかった(15)。

帰りにそこで、大好きなあんパンと、フランスパンを買う。私たちが、わいわい言いながら袋にいれてたら、それを見ていた人が、ひとり、ふたりと寄ってきて、次々と買ってた。

「ああいうのが一番、購買意欲をそそるんだよね。人が買ってると、いいものに思えるもんね」と、車の中で語り合う。


次は、これもネットで調べた湯治場、湯之谷山荘。

細い山道に入り、しばらく上がると、木に囲まれて、いかにも湯治場っていう建物が出現。

入り口付近には、湧き水みたいなのが飲める水場があった。

入湯料を払って、階段を上る。外に小さな露天風呂があるようなので先にそっちを見てみる。「天狗《てんぐ》の湯」。岩にかこまれて、白く濁って、とてもいい感じ（16）。

通りがかった男風呂は戸が開いてて、だれも人がいなかったので、こちらの写真を撮らせてもらう（17）。女風呂からは声が聞こえてるので、写真は撮れそうにないから。白濁した湯船が大小ふたつ。古い木造りで感じがいい。「なかなか味があるよ〜」とくるみちゃんに教える。

女風呂には2〜3人の人がいた。ふたつの湯船は、それぞれ泉質が違うらしい。源泉から直接、空気に触れさせずにひきこんでいるそうで、薄めたり沸かしたりしていない、純度100パーセント。湯の花がくっついて、ふちの木が白くなっている。中央の小さい湯船は、かなり温度が低く、これがまた気持ちがいい。白い湯の花がふわふわ漂っている。

「おからみたい」とくるみちゃん。

ふたつの湯船を行ったり来たりしたら、ずっと入っていられそう。でも、小さいほうは、かなり小さいので（1メートル四方ぐらい）、人が多いと、むずかしいかな。ひとりがいい。ふたりではちょっと気を遣う。3人でもはいれるかもしれないけど、窮屈だ。大きいほうは、10人以上入れそうなので、小さいほうがひっぱりだこだろう。みんなひそかに空《あ》くのを待ってたし。小さい方は、長く入っていたいお湯だ。私たちとほぼ同時に、若くてきれいで聡明そうな女性がひとりでタクシーに乗ってやってきたが、この人、温泉好きなのかな、仕事のついでなのかなとか、風呂の中でも気になった。

しみじみとした、とてもいい温泉だった。湯治場でも、こういうのは、いいなぁ〜。本物の温泉って感じ。温泉がドーッと贅沢《ぜいたく》にあふれだしてた。

そしてここにも、湯守《ゆもり》からのお達しが貼り紙になっていくつも貼られている。うるさいほどだ。湯守たち、好きなのかな。細かく注意書き、書くの。

すごくあたたまって、硫黄のにおいをぷんぷんさせて、出る。

休憩室を使える休憩料金も払ったけど、薄暗くてじめじめしてそうで、そこで休みたいと思わない休憩室だったので、入らずに出る。外の水場で水を飲む。

整体に、風呂めぐりで、ぽわんとなりながら帰途につく。

出水市・あじさい園、湯川内温泉かじか荘

きょうは、あじさいがきれいだというあじさい園と温泉めぐり。

晴れた日が続いたあとの、雨を待って出かけた。やはりあじさいは曇りか雨の日がいい。

鹿児島県出水《いずみ》市、東雲《しののめ》の里あじさい園。

山を開墾して、ご主人がひとりで12年かけて作りあげたのだそう。

くるみちゃんの車で出発。ナビに電話番号を入力。ルートに沿って進む。

気がつくと、大口《おおくち》という町から、予想していた大きい道路ではなく、小さい山道を進んでいる。

私「あ、どうする？　こっちの道、行ってるよ」

くるみ「このナビ、声も軽いし、どうも信用できないんだよね〜」

私「山道だけど、まあいいか。もう途中まで来ちゃったしね」

細い道を登って、しばらくして、到着。

雨が降りだした。

家のほうでは雨が降っていなかったので、ふたりとも傘を持ってくるのを忘れた。でも入り口の坂のところに、木の杖《つえ》と置き傘があったので、それを借りて、坂を歩いて上る。

かなり急な坂だ。ふーふー言ってるところに、たて看板。

「老は足から」

着いた。入場料を500円払って、はいる。左右にあじさいが続く道（18）。あじさい、あじさい（19）。急な山の斜面にもあじさいがきれいに咲いている。すごい。山のずっと上の方まであじさいだらけだ（20）。ひとつひとつのあじさいがでっかくて、細い遊歩道に入るとあじさいが左右からせまってきていて、通る隙間がないほど（21）。傘をすぼめて、進む。濡《ぬ》れる。

沢蟹《さわがに》がちょろちょろ走ってる。やはり、あじさいは雨の日がいいなあ。

静かで、しーんとした気持ちになる。だんだん雨も強くなってきて、雲がひくくあたりを覆ってきた。空がとても暗くなってきたので、食事処へ行って、休むことにする。

その前に、木工品とか、展示販売をしているギャラリーがあったので、そこへ入る（22、23）。6～7人の人がいて、なにやら和気あいあいとしゃべってる。私も、ちょこっとしゃべる。雨だけど、あじさいを見るには、雨の方がいいですね～とか。その中に、あじさいをコツコツ植え続けたというご主人がいた。にこにこしてて、藍染《あいぞめ》の服を着て、ひと目で、変わり者とさっせられる。

それから、食事処へ（24）。湿った服がちょっと気持ち悪い。あじさいの絵がかかれた和ろうそくがあったので、ふらふらと購入。ご主人の知り合いの作とのこと。

お昼よりも早い時間だったので、まだ人はだれもいない。中央の長くて大きい木のテーブルにすわり、「あじさい膳」を注文する。

5～6人の人がやってきた。あ、さっきのご主人たちだ。同じテーブルにすわった。このままだと、ご飯食べながら、しゃべらなくてはいけなくなるかも。くるみちゃんの方を見て、顔をしかめたら、すぐにさっしてくれて、「あ、あの椅子、おもしろい。すわり心地はどうなんだろう」って言ったので、「ほんとだ。無垢《むく》の木の手作りだね～」と興味深げに席を立って、窓ぎわのカウンターへ向かう。

「すわり心地をたしかめよう」といいながら、ひとつひとつすわっていく。その椅子の作者がいるみたいで、椅子のことをいろいろ話してるのが聞こえる。

で、「これがいいな～」っていう椅子があったので、そっちに移動することにする。

「よかった。言ってくれて」

ご主人たちは、中央のテーブル。私たちは窓際におさまった。

籠《かご》にはいったあじさい膳がきた(25)。黒米やとうふ、野菜など、低カロリーな健康的な感じ。そのあと、ゆっくりコーヒーを飲んで、出る。

雨が強く降っていて、雨雲がひくく山の谷に流れ込み、最初に見えた斜面のあじさいも今では白くぼやけて見えなくなった。

車に戻り、次の目的地、湯川内《ゆがわち》温泉「かじか荘」をめざす。ナビに電話番号を入力すると、ルートが表示された。

あれ、山道を通るのかな？　こんなに遠回りするの？　と思いながら出発。

ずんずん進んでいくと、だんだん道が狭くなってきた。

……完全なる山道。

「この道、ホントかなあ？」

だんだん不安になる。

「近くに大きな国道があったのに、あっちには出られないのかな？　あそこに来てた人たち、絶対この道で来てないと思う」

道はますます細くなり、何箇所か陥没もしている。雲がひくくたれこめて、昼間なのに、暗くなってきた。

私「怖いね……」

くるみ「きのう、メガネができてよかった！」

霧がでてきた。真っ暗になる。左に落ちそうな気がして、右に体を傾けていく。

私「すごいね！　この山道！　ハハハハハー」

くるみ「ひとつわかった！　危険や恐怖を感じたり、大変な目にあった時に、笑い出す！」

私「そう。私、非常事態になると笑いがこみ上げてくるんだよ。心の奥から」

くるみ「きのうも、笑い声が」

きのう、庭の手入れを手伝ってもらっているとき、突然、雨が降ってきたのだ。それも、ポツポツふりはじめて、だんだん、っていうのじゃなく、いきなり、バケツをひっくりかえしたようなザーザーぶり。あわてて「せんたくもの！」と叫びながら走り去っていくくるみちゃんの背に、私のワハハハハ……ワハハハハ……という笑い声が、響いていたそうだ。
私「こんな道、ひとりだったら不安になるけど、人と一緒だったら、楽観的なことと悲観的なことを交互に言い合いながら笑えて、いいよね」
くるみ「うん。私ここ、ひとりだったら、絶対、走れない」
私「最悪の場合、引き返すことになるかもね……」
ひたすら、その細い山道を進んでいく。
私「でも、このナビが言ってるもんね〜」
くるみ「それ、あてにならないよ」
私「うん。どう考えても、この道は違う」
対向車、しかもトラックがきた。どうにかやっとすれ違う。
……そして長い不安なドライブの果て、やっと、大きな国道に出た。あとは、安心して進む。地図を見て今どこを通ってきたのか確認した。
私「もしかして、大きな国道に、すぐ出られたのかも。あじさい園の前の道、逆に行ったら。

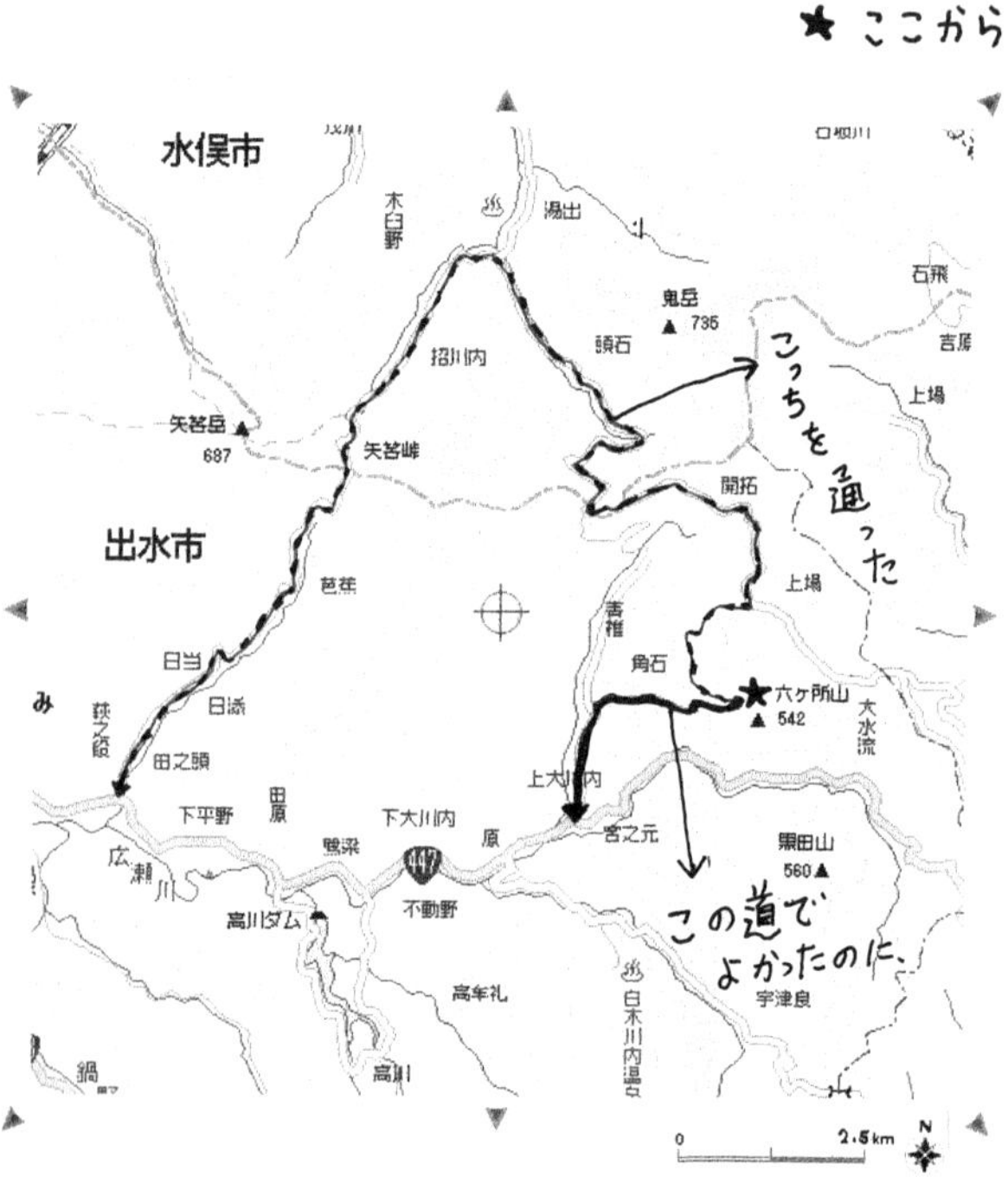
★ ここから
水俣市
出水市
木臼野
湯出
鬼岳
▲ 735
石飛
頭石
招川内
こっちを通った
矢筈岳 ▲
687
矢筈峠
開拓
上場
上場
茸椎
角石
★ 六ヶ所山
▲ 542
大水流
日当
日添
田之頭
上大川内
下平野
田原
下大川内
宮之元
原
560 ▲
447
不動野
広瀬川
高川ダム
この道でよかったのに。
高牟礼
白木川内温泉
宇津良
高川
0
2.5km
N

ああー。そうだよ。なんか、ものすごい遠回りしてきたみたいだよ。……ショック。よく調べてくればよかった。地図調べ好きの私としては、とても悔やまれる〜」

くるみ「すごく遠い秘境に行ったみたいな気がする」

私「うん……」まさに。中国あたりの霧に閉ざされた山奥にでも行ってきた気分。天狗や仙人の住む。


出水市を抜けて、しばらく行くと、目的地の湯川内温泉「かじか荘」に着いた。

長年、島津家御用達の温泉として利用され、明治以降、一般市民も使用できるようになった。と、パンフレットに書いてある。

静かにひなびた湯治場のムード。上と下の2ヶ所、お風呂があるようなので、上の方に、まず行ってみる。隣に温泉神社と書いてある鳥居があった（26）。

浴槽を一目見て、「なに？　これ、川？」と思った。

本当に、小屋の中に川を四角く区切って入れたみたいなのだ。

青みがかった透明な水の底に、大きな岩がごろごろあって、その下は砂利。

砂利の下からお湯がぽこぽこ湧き出ている。先客がひとり。よくこられるそうだ。

「五十肩と病気を、よし、この温泉で治そう！　って決めて、しばらく通ってたの。治ったのよ」とおっしゃる。「この温泉でお米をたくと、おいしいのよ」

けっこうみんな、ペットボトルなんかに入れて、持って帰るのだそう。

「本当に、川のようですね～。すごくお湯が透き通ってる。こんなにきれいな温泉ははじめて」

足の下から湧き出ているだけあって、水のようにきれい。湧き水と同じようなものだから、きれいなはずだ。

「このお風呂は、ぬるめだけど、長く入れますよ」

大きな岩の上に腰掛けて、ゆったりとつかる。

う～ん。ここ、すごく、いいなあ～。

まるで川だよ、川！　お湯の川。

次に、下のお風呂に行ってみた(27)。

上よりも大きくて、深い。けど、川らしさは、上の方があるなあ～。

壁には、他の温泉には見られなかった貼り紙が(28)。

「風呂の中で　およがない　もぐらない」「とびこむな」

そう書きたくなる気持ちもわかる。子どもだったら、きっともぐってる。今度、ゴーグル、持ってきたい。

きゅきゅきゅきゅ、って鳴き声がするので、脱衣所にいらしたおばさま方に聞いたみた。

「あのお～。この鳴き声って……」

「かじかよ。かえる」

「ああ～、これがかじかなんですかぁ～」だからかじか荘。

雨の6月、かじかの鳴き声を聞きながら、川みたいな温泉につかる……、情緒あります。

紫尾《しび》温泉というところにも行くつもりだったけど、山道で時間がかかりそうだったので、今日はこれで帰ることにする。

また、ナビ。

それに従って、進む。

大口市というところからしばらく行った地点で、なんだか、どうもおかしいことに気づく。

またた！　また山道！

私「このナビさあ、山道が好きなんじゃない？」

くるみ「ええ～っ」

私「山道マニアだよ。よりによって、こんな細い道。細い方、細い方って、選んでるんじゃゃない？」

くるみ「ハハハ。やっぱり信用できないね～」

私「ひとっこひとり、通ってない」

くるみ「これ、たぶん、あの道かも。前、通ったことがある」

私「私も、むか〜し、通ったことがある。もう20年か30年前だけど、その時は、すごい荒くれた山道だったけど、今はきれいになってるのかもね。行ってみようよ。ためしに」

くるみ「うん」

薄暗い山の中の道を走っていたせいか、くるみちゃんが、亡くなったおじいさんの話をし始めた。狩りをしてて、よく動物の剥製《はくせい》を作っていたそうだ。

「たぬきの頭蓋骨《ずがいこつ》を煮るんだよ。鍋で。グツグツ煮て、細かい肉を取るために。すごい匂いだった」

「どんな匂い？」

「……言葉で表現できない。いろんな剥製を作ってたよ……。きじ、シカ、……」

「へえ〜」

「皮をきれ〜いに剝《は》いで、頭蓋骨の肉は煮て、ハブラシみたいなのできれいに取って。肉が残ってたら腐るからね。皮は脂がすごいから、洗剤を入れて洗濯機で洗うの。鳥の爪とか口ばしには、マニュキュアを塗って、羽根は厚紙で形を整えて乾燥させてた」

「へえ〜」

「うちのじいちゃんは、その動物の自然な形を生かした作り方が好きだったけど、たまに形を作ってって注文されたら、ほら、たぬきを立たせて焼酎をもたせてとか、そういうふうに作ってたよ」

「それは趣味でやってたの？」

「うん。鉄砲撃ちだから、好きでやってたら、たまに人から頼まれたりして」

「ふう〜ん。剥製って長く持つよね。よく、山の民宿とか行ったらあるよね」

「うん」

剥製の話など聞きながら山道を通ってたら、思いがけず早く帰れた。大変だったけど充実した一日だった。

近場の穴場・城山温泉、あきしげ温泉

近場って、なかなか行かないものですが、穴場があることを知り、行ってみました。

宮崎県の京町温泉のはずれにある、城山温泉。

ここは、知る人ぞ知る、温泉マニア必見の温泉、だそうです（ネットで知った）。

なにしろ、茶色い湯の花が鍾乳洞《しょうにゅうどう》の千枚皿のように堆積《たいせき》しているとのこと。

普通の民家の小窓でお金を払う。３００円。梅雨《つゆ》の晴れ間の午前中、家の人はいなくて、箱の中に入れる。温泉にはいる人も他にはいない。

家の隣のこぢんまりとした湯屋（29）の戸を開け、中に入る。壁に「城山温泉は全国４５００以上の中からベスト１４０の銘湯温泉に選ばれました！　さらに効果の有る温泉全国ベスト８に選ばれました！」という貼り紙が貼ってある。

さっそくお風呂を見ると、おお〜、茶色いぐねぐねした模様が床一面に！　お湯につかると、中も茶色。台風のあとの泥の川とか、みそ汁を連想する。そして、鉄の匂いがする。温泉の出口のお湯は、それほど茶色くはない。飲んでみると、味は、やはり鉄の味。湯船の側面にさわると、手や背中に、茶色い色がついた。タオルにもつきそうだ。脱衣所に置いてあった洗面器の中のタオルは、完全に茶色に染まっていた。

だんだん熱くなる。くるみちゃんに、写真を撮ってもらう（30）。たまには人がはいっている写真もあった方が、大きさとか、わかりやすいので。床の湯の花の堆積物が地図や山脈のように見える（31〜33）。ある温泉マニアが子どもを連れてきたら、これを一目見て泣きだし、結局その子は恐《こわ》いと言って入らなかったのだそう。

しばらく入ってから、脱衣所にでて汗がひくのを待ったが、湿度が高いからか温泉のせいか、なかなか汗がひかない。15〜20分、そこでうろうろしていたと思う。バスタオルにも茶色い色がついた。この色が人々を敬遠させているのかもしれないな。体やタオルにつくから。実用的じゃないと。でも一度行けてよかった。

続けて、今度は、そこから車で10分ほどの、あきしげ湯へ。ここも、情報によると、評判がよかった。泉質がいいとか。沸かさず薄めず、１００パーセントかけ流し。

ナビにたよって進む。まわりに何もない畑の真ん中に、その木造の建物はあった（34）。戸を開けてはいると、ひろ～い休憩所（35）で、お弁当たべたり、ねころがってる人がちらほら。すると、元気のいいおかみさんらしき人がやってきて、話しかけてくれた。温泉は湯船の脇の、四角い区切りのところからわきあがってくるのを、手を使わずに口をつけてそのまま飲むのが一番いいそうだ。

「手ですくうだけで、違ってしまうらしいですよ」

入湯料、５００円。

脱衣所にはいると、ここにも、いたるところに貼り紙があった（36、37）。何枚もある。

外の植物を取らないで、とか。髪染め禁止とか、よく洗って、とかいろいろ。貼り紙が多いということは、マナーを守らない人が多いということだな。それだけ、公共のマナーレベルが低いということか。麦藁《むぎわら》帽子が置いてあるのは、炎天下に露天風呂にはいる人用。

ガラリと戸を開けて、浴場へ。

窓が大きく、広く、開放的！　質素な造りだけど、天井が高く、風が通って、気持ちいい（38）。

古い小学校とか、体育館とか、なんかそんな感じ。

外に木の樽《たる》のお風呂が3つ。お湯ふたつ、水風呂ひとつ。その周りには、草がぼうぼうとしげっている。ススキやシダや野の草が。こんな野趣あふれた露天も、めずらしい。

なぜか宮古島を思い出す。樽風呂に入ってるところを、写真に撮ってもらう。遠くにぽつんと首だけ見えるあれ（39）。

泉質は、つるつるつる。温泉の色は、タイルの影響もあるかもしれないけど、うす黄緑みたいな、うす黄色のようなやさしい色。

ここのお風呂は、いい感じ。貼り紙とか、休憩所とかは、なんだか落ち着かなかったけど。

あきしげ湯、後日再訪。季節は早春。庭の草はまだ茶色の枯れ色。お湯は、ものすごくぬるぬる。こんなにつるつるしてたっけと思うほど。たまごの白身のようだ。シャワーも温泉で、石けんで洗うとあわが立たずいつまでもぬるぬるするので、私はシャンプーのあとにリンスはしなかった。浴槽の木の枠がいい。木そのものを大胆に使っていて、ふしもたくさん

52

54

53

56

55

57

58

59

61

63

60

65

64

62

68

66

69

67

71

70

73

72

75

74

78

76

79

77

82

85

80

83

81

86

84

88

87

89

90

91

92

93

94

95

96

98

97

99

101

100

103

102

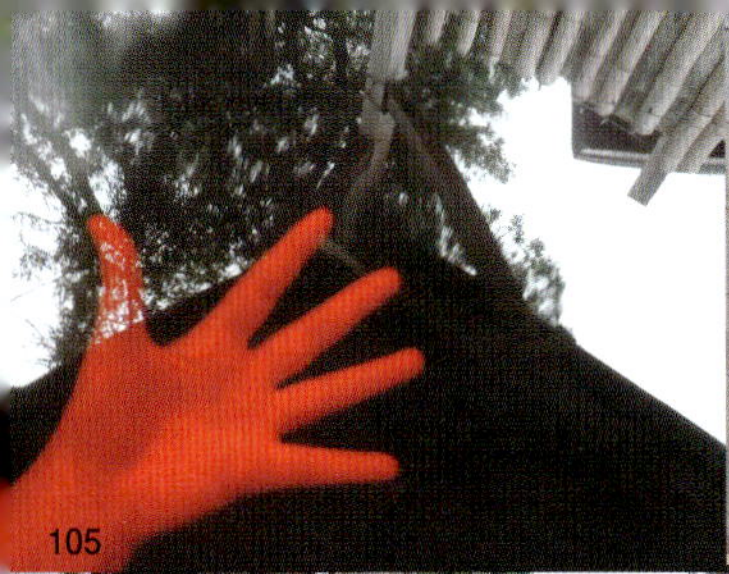

105

104

106

109

107

108

110

111

113

114

115

116

117

118

119

120

121

122

123

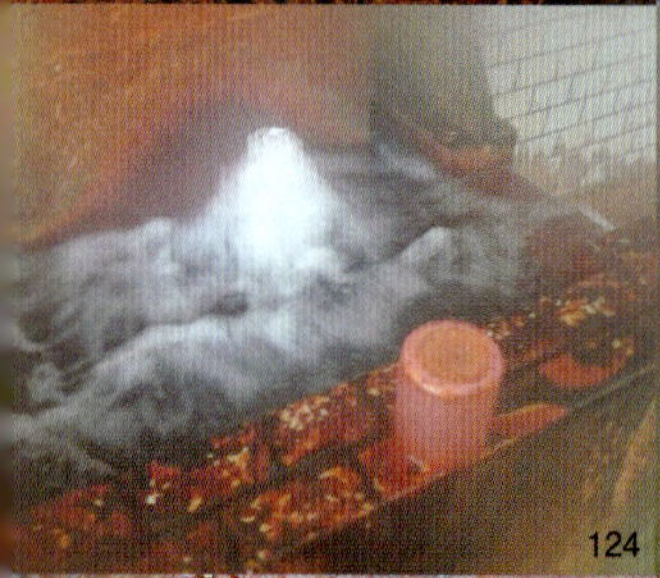
124

125

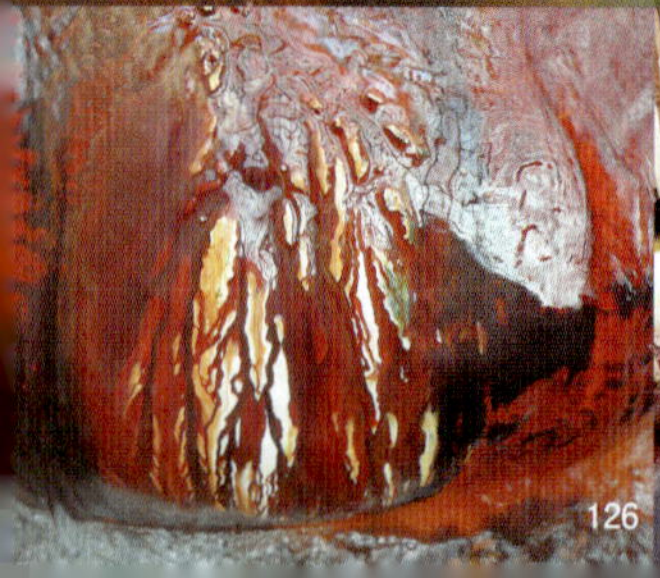
126

127

128

129

130

131

132

133

134

137

135

136

139

138

141

140

142

143

144

145

146

147

148

149

150

151

152

153

154

155

あり、木目がくっきりと飛び出ていて、部分的に腐ってやわらかくなっていたり、木肌が白銀に輝いて見えた（40）。外の木の樽にも入る。冬場はお湯は1ヶ所だけみたいだ。枯れ草の中の樽風呂（41）。休憩所は今日は人が少なくのんびりとした雰囲気。帰りにはおかみさんが丁寧に挨拶《あいさつ》してくださった。出た後、眠くなるようなふわふわした心地いい疲労感。

前田温泉

鹿児島県吉松温泉郷の前田温泉へ。

小さな商店の奥にある、見つけにくく渋い建物。迷って、郵便局の出張所の人に聞いて、やっとそこへたどり着いた。200円を商店で払う。

古い木造の小屋といった感じ。超レトロで味のある脱衣所と湯殿だ（42、43）。温泉は、ウーロン茶のようなコーヒーのような薄こげ茶色。モール臭という独特のにおいがするらしいが、窓が開いてて、よくわからなかった。外の緑が見えるお風呂って、やっぱりいい。

他にお客さんは、だれもいない。温度をみると、ものすごく熱い。とても入れないので、水を入れる。しばらくしたら、入れるようになった。すこしずつつかる。熱いけど、入れる。

少しヌルヌルとする感じかな。

子どもの頃、よく、熱いのを我慢しながら温泉に入ったことを思い出す。首まで入ると、楽になった。しばらくすると、あたたまったので、湯船のふちに腰掛けて涼む。コーヒー色の湯の底にはタイルでバッテン模様（44）。

水をかぶったら気持ちよかった。水風呂があれば、交互に入れて、いいのにな〜と思う。

ここも、なかなかでした。

帰りの車の中で、
くるみ「最近、いつもパジャマだね」

夕方、おかずを届けてくれる時の格好で、その日一日外出しなかったことがわかってしまう。いつも家で着ているたらんとしたジャージを着ていたら、その日は家にいたということ。

私「うん」

くるみ「ふだんは」

私「ぜんぜん、かまってないよね」

くるみ「人が見ても、わかんないんじゃない？」

私「そうかも。普段、お化粧もしないしね。あまりにも面倒で。夏って、汗かくから。顔、ふけないのがいやで。日焼け止め塗るとかゆくなるし。最近、顔洗ってもフロあがりも、なんにもつけてないなあ」

妙見温泉石原荘

たまには豪華な観光旅館も。家族、親戚で行った、鹿児島県妙見温泉「石原荘」。総勢7名の予約だったので2部屋と思ったが、和室が3つある部屋もあるということだったのでそこにした。いちばん景色のいいというきれいな部屋だった。かつて、紀宮様もご休憩なさったという「椿の間」(45)。

川を見下ろすと大きなテラピアが何匹も見えた。大雨のとき養殖所から逃げ出したものだそう。網でもすくえるとのこと。向かいに、これも有名旅館「雅叙苑」の茅葺《かやぶ》き屋根と、「雅叙苑」という大きな文字看板が木の間に見えた。ここにも昔、数回泊まったことがある。離れ形式の部屋に地物の素朴な料理、囲炉裏にはかっぽ酒、ふかし芋。放し飼いのニワトリ。都会の人にはすごく人気だが、私たち田舎を知るものにとってはまるでおばあちゃんちにいるみたいで気持ちは地味になるばかり。日常とかけ離れたものを人は旅に求めるものなのですね。

さて、この旅館には、室内の大浴場と、露天風呂が2ヶ所あり、それぞれに源泉を持つ。

時間制の川沿いの露天風呂には今回入らなかったけど、入った人が、すごく気持ちがよかったよ〜と言っていた（露天風呂から川に入ろうと思えば入れるような位置関係で、以前、足の先を川につけてみたら冷たかった）。

もうひとつの椋《むく》の木露天風呂には入った。写真の右手前の石にかこまれた部分（46）。そこは、女性が入るのには勇気がいる。というのも、そこも川沿いなのだが、入って左を見上げると、大きな橋が見え、車がばんばん通っている。川の向こうの正面にはどこかの会社のビルと駐車場があり、よく見える。バスタオルを巻いて、試しに入ったが、ひやひやした。着替える時も、男性客がやってこないかとびくびく（このあと、もうひとつ露天風呂ができたというので再訪してそこにも入ってみた。「七実の湯」という檜の板張り露天風呂。大きな木の間にあり、さわやかで女性的な露天だった）。

大浴場は、天降殿《あもりでん》という名前で、渡り廊下の奥にある。その廊下もなかなか風情がある。清潔で、タオル類が豊富な脱衣所はいい感じだ。浴場に入ると、ガラス越しに緑がすずしげに茂り（47）、男女の仕切り壁には一面の芸術的なレリーフ。お湯はこんこんとあふれ出て、なめらかなやさしい感触。その浴槽の床面の足触りがたいへん気に入った。しっとりとしている。ここでいちばん好きなのはこの床の感触かもしれない。熱くなったら、水風呂に入り、また出て、というのを繰り返すと、いつまででもいられそうだ。

夕食。ここは泉質のよさだけでなく料理にも定評がある料理旅館。おいしかったです。うつわも素敵で、自然の葉っぱを使ったり、盛り付けも上品で綺麗。しかも、量が多くて苦しくなるというわけでもなく、バランスもちょうどいい（けど次に泊まった時には量が多くて食べられなかった。それは私の食べる量が少量でいいからだと思う）。食後に、渡り廊下にあった線香花火をしたり、七夕の短冊を書いて遊んだ。

館内用のスリッパは、藁をあんだようなものだったのだが、足の甲にあたる部分がすごく痛かった。前後にずらしても、痛い。聞くと、みんなも同じことを言っていた。あの藁スリッパは痛かった（次に行った時は、これは気にならなかった。ということは、旅館も生き物、その時その時で状態は常に変化しているということですね）。

朝食も、すごくおいしかったです。やさしい味で。この旅館は、従業員がでしゃばらないというか、お客を放っといてくれるので気楽です。

整骨院通い

先日の整体がとても痛かったと人に話したら、「近所に、たまに行く整骨院があるんだけど、保険もきくし、けっこういいよ〜」と言う。

いつか行ってみようと思っていて、今日、ヒマだったので行ってみた。

こざっぱりとした治療院。おぎやはぎのおぎに似た先生だ。おぎ先生と呼ぶことにする。

さいしょに、いくつか質問をされた。いままで病院で治療したことがあるかとか、腕をまわしたり、首をまわして、どのくらい痛いかとか。そういう質問に答えるのがなんかいやで、その時点でこなきゃよかった……と思った。

今の症状は、パソコンにむかいすぎで、肩と腕がすごく凝ってる。

まず、高周波の電気で肩をほぐしながら、首をホットなんとかであたためる。でも、どう見ても、高周波の電源が入っていない。首はあたたまっていくが、高周波のスイッチはオフ状態。でもよくわからないので黙っていた。すると、数分たってから、おぎ先生が気づいたようで、あ、ついてませんねと言いながらタイマーオン。やっとビリビリがきた。

15分、それをやってから、寝台でマッサージ。

やはり、首と肩、腕まわりがそうとう凝っているらしい。時々、超痛くなるので、そのたびに笑う。「ハハハハハ。痛いと、笑いたくなるんですよ〜。アハハハ〜」と、笑いながら、マッサージをうける。

なんとなく、もみほぐされてきたみたい。痛くないですかと、ときどき聞いてくれるし、これならいいかも。すると、これから1週間、毎日来るようにとのこと。

え？　毎日ですか？　と思わず、おぎに聞く。週1回ぐらい通う程度かと思っていた。毎日の方が、経過がわかるかららしい。これから1週間通うとなると、これからの1週間は私にとってないも同然。そのことに気をとられるので。

最後に、首をひもで持ち上げたり下ろしたりの、牽引《けんいん》をやった。その格好、見られたくない代物《しろもの》だ。がっくりとうなだれた首が、上がったり下がったり、えんえんと黙ってやられてる様子は、まるで人生を投げた負け犬が、あらゆる感情というものを失《な》くし、されるがままに身をゆだねているみたい。

診察料は、920円だった。初診。保険がきく。安い。明日も行くぞ。

2日目。きょうは、お客さんが多い。5人いる。

最初に超音波をやってもらってる時、ベッドでは、体の硬いおじさんが治療されてた。ものすごく硬そう。足を曲げるにも、体がついてくる。汗がでたと言ってる。

その硬さに、待っていたソファの人からも応援の声が飛ぶ。あんなに硬い人を見ると、安心する。まだ、この人がいる、と思えるから。目が合ったので、にっこりとほほえむ。

首の牽引。きのうのは物足りなかったので、きょうはちょっと強くしてもらう。

おぎ先生、きょうはよく見ると、松田優作の長男にも似ている。おぎ松先生と呼ぼう。

男性が帰り、女性がふえた。私よりもあとに来たおばちゃんが、私より先にマッサージに呼ばれた。牽引をしたからかな。

そこへ急患。ぎっくり腰になったという奥さんが、旦那さんに連れられて来た。旦那さんのあとを、そろそろとへっぴり腰で、スローモーションで歩いてる。痛そう。かわいそうだけどちょっと笑える。私もあの痛みは知っている。ちょっと動くだけで死ぬほどの激痛が走るのだ。人からはそう見えないのが悔しいところ。ぎっくり腰という呼び名が珍妙でいかんね。もっと、こう……気の毒そうな……急性腰部断絶みたいな重々しいのはどうだろう。それも恐いか。ぎっくり腰、まさにその名の通りだ。私の周りにも経験者は多い。その奥さんが目の前を通り過ぎるのを静かに視線をおとして見送る。

時間、かかりそうだな〜と思いながら、持参の本を読む。

やっと呼ばれた。

首まわりを中心にマッサージされる。

きのうよりも、ちょっとほぐれてきたみたい。思ったよりも早くほぐれるかも、とのこと。前腕のストレッチの仕方をコピーしてもらう。今日の診察料は、３５０円。

昼間は、ストレッチをしたり、意識してときどき肩を動かしてすごす。

3日目。

早く済ませたいので、9時前に行ってみた。まああの人。3〜4人。きのうの体の硬いおじさんがいた。相変わらず硬い。足を曲げる時、イタイイタイと言っている。ハハハ。肩も痛いらしい。あのぎっくり腰の奥さんもいる。みんなきょうは早く来たんだ。

超音波の15分が退屈。いろいろ考えごとをしたり、他の人のを見たりして気を紛らす。次は首の牽引。これには慣れた。力を抜いて、身をまかす。ふわふわ。だんだん眠くなる。たまに目を開けて、人の治療を見る。

それも終わり、しばらくソファで待つ。小さい子どもやおじいちゃんおばあちゃんなど、家族連れがやってきた。おぎ松先生って、けっこういい人だ。話し方はぼそっとしてるけど、どの人にも、子どもにも、気にかけて話しかけている。

名前を呼ばれて、また首を中心にマッサージ。最初よりもずいぶん痛くない。

ひとつ気になるのは、マッサージを受ける時に使われるバスタオル。このタオルごしにマッサージを受けるのだが、全員を同じバスタオルでやってるので、なんか、その点が。だから、最後あたりで、頭をやる時、顔にかけられるので、その瞬間は息を止める。

350円。調子がよさそうだったら、2〜3日おきでもいいですよと言われる。やった！

4日目。

今日は、間をあけようかと思ったけど、くるみちゃんが行ってみたいと言うので、朝一番に一緒に行く。でも、すでに4人ほどいた。開院前から来てるんだな。ドアが開いてるんだ。いつもの常連さんがいた。体の硬いおじさん。ぎっくり腰の奥さん。

慣れた私は、超音波、首の牽引と次々こなす。

牽引している時、硬いおじさんが右のマッサージ台にいた。今日も、痛そう。でも、その痛そうな様子、足を左右に折り曲げられる時に、すごく痛くて曲がらない様子をみるのが、私の楽しみなので、牽引がゆるむたびに、首をめぐらせて、じっと見る。

そのあとソファでしばし待ったあと、マッサージ。

「きのうは、一日中、眠かったです〜」と話す。

首の奥の凝りで、かなり根深いのがあるらしいけど、全体的なかちかちはだいぶとれたそう。やってもらってても、痛いところだけでなく、気持ちいいところもでてきた。

施術中、すこし話をしたのだが、その中で、すごく肝心なことが、ひとつ聞けた。それは、「凝っていても、自覚症状がなければ、別に問題はない」ということ。

なんだ、じゃあ、自分が気にならなければ、いいんだな。別に病気を探し回らなくてもいいんだよね。凝りだけじゃなくても、他の病気でも、自分がそれをつらいと思わなければ、いいんだよね。なんだか、ホッとする。

明日から数日これないんですと言ったら、週、2〜3回でいいですよと言われる。くるみちゃんの番になった。すご〜く痛そう。また涙がでたと言っていた。あとでくるみちゃんは、自分はマッサージや整体は別に好きじゃないと言っていた。

5日目。

大雨もあり、1週間ほど間があいた。

途中、2度行ったのだが、一度は休み、一度は駐車場に車が多かったので、やめた。

また、超音波。そして首の牽引。

超音波は、他の人が見えるし、まだ中央にいるって感じだけど、首の牽引は、すみっこでちんまり壁に向かってなので、ひとりの世界にはいれる。それで、眠くなりながら、ぼんやり物思いにふけるのにいい。今日は、すごく痛いらしい老婦人がふたりいらして、「いたい！　いたっ！　いたっ！　いたっ！」という声を聞きながらだった。時々そっちに首をめぐらせて見る。痛い声を聞くの、大好き。思わず、にんまり。

今日も、おぎ松先生って、いい先生だと思った。どの患者さんともちゃんと会話してるし、落ち着いて低い声でゆっくりとしゃべりながらも、よく笑ってらっしゃる。

外で携帯をかけて車を呼ぼうとしている人に気づいて、

「あれ？　今日は迎えは？」

「携帯で電話して、外で待ってます」

「ここで電話かけて、中で待っててていいですよ。外、暑いでしょ」

「でも、機械があるでしょ」

「いいですよ」

と言っていた。気が利く。

足が痛いと言うおばあさんが、

「この痛み、死ぬまで持っていかないといけないんでしょうね～」

「置いていきましょうよ。どうせなら。5分でも10分でも、歩いてください。歩き方なんですよ」

待合室のおばちゃんたちも、

「ここがあるから、安心だわね～」

「そう。なにかあったらここでね」

「らくになるからね」などと語り合っている。私も心でうなずく。

しばらく待って、私の番。おぎ松先生と、しゃべりながら。

今日は痛くない。

先生も、「変ですね〜。私の方がおかしいのかな？」なんておっしゃる。

「ほぐれてきたんでしょうかね〜？」と私もご機嫌。

すると、来週あたり、卒業？


いい人といえば、近所のガソリンスタンドの店員さん。先日、初めて見たのだが、その少年が、感じがよかった。年の頃は20代前半。もしかして、10代かも。口数は少なそうだけど、誠実な人柄が伝わってくる仕事ぶり。なかなか見所《みどころ》があると思った。またここでガソリンを入れよう。やはり、従業員が感じがいいと、そこを使おうと思う。人だよね、やっぱり。感じのいい人って、ホント、人を救うよね。助けられる気がする。

6日目。通りがかりに駐車場を見たら、すいてたので、おっ、と思い、行くことにした。

また4日ほど間があいた。

3日ぐらい前に、首を寝違えたみたいですと言ったら、

「どうしてその日に来なかったんですか」と言われた。

「えっ？　その日に来た方がいいんですか？」

「そうですよ。治りが早いですよ」

「そうなんですか。知らなかった……。今度は、その日に来ます」

そして、その寝違えたところをいろいろほぐしてもらった。

肩甲骨のところを、筋を押される。

「あ、そこ、痛いです」

「痛いですね〜、ふっふっふ」

「寝違えと、そこと、つながってるんですか？」

「教えられません」

教えられません、だって。


「あのお〜。今のこの押されてる痛みって、普通の人でもあるんですか？」

「え？」

「つまり、悪いと自覚してない、その辺を歩いてる人でも、こうやって押されると、痛いんですか？」

「そうですね。痛いですよ」

「じゃあ、べつに……こ、こなくても……？　そ、それでも、ほぐしたほうがいいんですか？」

「そうすると、肩がらくになる」

「ふ〜ん。じゃあ、らくになりたいなら、定期的に来た方がいいということですか？」

「そうですね」

「それは、将来にとってもいいんですか？」

「長い目で見ても、いいでしょうね」

「じゃあ、私の悪いところが治って、治療が卒業ってことは、ないんですか？」

「そうですね」

そうか……。治すっていうより、メンテナンスなんだ。やっぱ、たまに来なきゃいけないのか……。

「あと、運動、した方がいいですよ」と先生。

「運動。嫌いなんですよね〜。試みたことはあるんですけど」

「でも、その気持ちが大事ですよ。試みようという気持ちが。

でも健康に対してあれこれ気にしすぎる人が多すぎますよね。ココアがいいっていったらココアが売り切れたり。そこまで心配する必要はないんですよ」

「そうですよね……。ヒマなのかなって思う。そういう人たちって。運動……、日常生活の中で、意識してちょっと動かすんでもいいですよね？　庭仕事とか」

「そうです。ゴミを捨てる時に、体をのばすとかでもいいですよ。動かしてください」

私の癖も覚えてもらったらしく、

「きょうはそう痛くはないですね。笑いが出てないから」だって。

あと、「まあ、人は、死ぬ時は死にますからね」と、静かな口調でボソリ。

むむっ。おぎ松先生って、なかなかおもしろい方かも。

最後のひとことは、クールに突き放すように、「まあ、頑張ってください」だって。


7日目。

1週間後。

寝違えもだいぶよくなった。

いつもの超音波と牽引中、他の患者さんと話してる話を、聞くともなく聞く。仕事の話だ。患者さんの仕事のグチを聞きながら、同意したり、笑ったり、たしなめたり。この会話だけでも、ちょっと癒されるだろうなあ～。それぞれの人に話題を合わせている。頭よさそう。

350円という価格設定が、そもそも頭いい。この田舎で、高いと思わない、またこようと思わせる、この値段。

私の番になった。私には、「午前中はなにをしてたんですか？」と尋ね、「庭の水撒《みずま》きを」と答えたら、そこから話の糸口をつかんで、木や植物、水撒きの話へ。

「シャワーをだしてて、ちょっと他のことをしようと、家に入ったら、そのまま忘れちゃって、ひたひたの水たまりみたいになってました」と言ったら、

「うちでも、そこの駐車場の水撒きをして、蛇口をしめてなかったようで、いつのまにかホースとの接点がはずれてて、夜中じゅう、水が流れっぱなしになってたことがありましたよ。それは私じゃなくて、うちのなんですけどね。説教しましたよ」

「ああ〜。ありますよね。それ」どんなふうに説教したんだろう。

「ただなんでもなく水が流れっぱなしになってるって、本当に嫌ですよね。それ、何にもならないんですから。何にも！　なんの役にもたたない水が流れっぱなしになってるなんて、ホント腹が立ちますよね」と繰り返し言ってる。めずらしく、感情を込めている。よっぽど、嫌だったんだな。確かに、もったいない。水が。

今日も痛くなかったので、帰り際に、

「じゃあ、こんどは、調子悪いなあと思ったら、くればいいですか？」

「そうですね。でも、週1回ぐらいは、来たほうがいいですよ」

そうしよう。とりあえず、治療は終わったってことで。2週間に1回ぐらい。

(なんて話してたら、この夜、木に水をあげていて、途中、家に入って忘れて、夜7時から夜中の1時まで、私もやっちゃいました。流しっぱなし。ショック！

ただなんでもなく水が流れっぱなしになってるって本当に嫌でした、先生。

そしてそれから、もう行ってないや。一応、痛くなくなったんで)

近くの温泉

実は、私の家のすぐ近くにも温泉がある。

子どもの頃はよく入っていたが、最近は、引っ越してきた時に、1回、入っただけだった。あまりにも悲しくなるほど殺伐としていたので、それ以来、行ってない。

が、温泉めぐりを始めた今、もう一度新たな視線で、その温泉を見てみたいと思い、行ってみました。平日の夕方。300円。入り口の料金箱にお金を入れる。

中は、殺風景。写真を撮る気になれない。壁はコンクリート。プラスチックの脱衣籠に服を入れる。商売っ気のないところだ。

お客さんは、よそ者らしきおばあさんと孫2人。男風呂におとうさん。

長方形の湯船に、うす茶色の温泉。セメントのライオンの口から、湯がでてる。

シャワーは3台。そのひとつを使ってみると、ひどくお湯が広がっていて使いづらい。温度調節も、むずかしい。弱い水量でちょろちょろと、熱すぎるかつめたすぎる水がでてくる。シャワーはあきらめた。

温泉につかる。かなりの高温。温度計を見ると、45度。

ぐっと顔をしかめて入る。1〜2分、はいっていると、もう熱い。

石鹼類は置いてないので、男風呂からおとうさんが、おばあさんにポーンと上から投げてよこした。ぽちゃんと湯にはいったけどね。すかさず孫が湯からひろいあげる。私の方に落ちてくればおもしろかったのにな。

お湯からでて、周りを眺めてみる。窓が多い。一方は、木がみえるけど、一方は、休憩所の廊下だ。人がいたら丸見え。でも、いない。

青いホース、発見。これで水をいれるんだな。ホースをのばして、水をだす。

常連らしきおばあさんがやってきた。今日は、いつもより熱いそうだ。

もうあたたまったので、出る。さっさっと着替えて、外へ。熱かった。あたたまった。

熱くて、汗がどんどんでてくる。

夕陽を顔にあびながら、風呂あがりの気持ちよさそうな顔で道を歩く。道路には、車が走っている。この風呂あがりの顔を見よ！

もし私が、車で走っていて、風呂あがりの気持ちよさそうな人の顔を見たら、きっと気分がよくなるだろう。だから、あえて、ほかほかと気分よい顔をさらしてみた。

あたたまることは、あたたまるから、冬、寒い時にはいったら、よさそうだ。

寒くなったら、活用したい（冬になったけど、数十メートル歩くのさえめんどうで、行ってない）。

宮崎のはにわ園、はにわ製作、「重乃井」

7月のすえ、大雨があった。

家の駐車場まで、水につかった。

くるみちゃんは、自衛隊員だった旦那さんの双眼鏡を使って、まわりの田んぼや道路がだんだん水につかっていく様子を、じっと家から観察していたという。

フフフ。その様子を想像すると、笑える。かわいくって。

さて、きょうは、雑誌で見つけて、気になった「はにわ作り」。

はにわ。
いいじゃないですか。
はにわ。
ポッカーンとした、目や口。できるだけ、シンプルなのを作りたいな、私は。
宮崎市内へと、高速を車で走る。
きのう、興奮して2時間しか寝られなかったので、またくるみちゃんの運転で。
どこかへ出かける前の日って、眠れないことが多い。

くるみ「『女っておもしろい』、全部読んだよ」
私「どうだった？」
くるみ「最初は、わあ、違う世界の人！　って思ったけど、読み終わったら、なんだか、勇気をもらった気がした。私も頑張ろうって思った」
私「ああ、よかった。そういうふうに思ってもらえたらいいなと思ってたから」
くるみ「『タトゥーへの旅』も読んだよ」
私「どうだった？」
くるみ「いろんな人を知ってるな〜って」

私「そんな、たくさんはいないよ。ぽつりぽつりぐらい」
くるみ「映画を見るのも仕事なんだね」
私「仕事というか……、まあ、あれは、好きなことをしゃべってるという……」
くるみ「私なんて、もし何かしゃべれって言われたら、何もしゃべれない」
私「そんなことないよ。くるみちゃんの話も、おもしろいじゃん」
くるみ「そうかな～」
私「そうだよ。じいちゃんの剝製の話とか、旦那さんの話とか。
　くるみちゃんって、自分をひきうけてちゃんと暮らしてるもん。自分をひきうけてる人の話は、どの人の話もおもしろいよ。
　私はよく、グチや文句を言わない人が好きって言うのは、だいたい嫌なことって、どんな人にも同じぐらいの数、あると思うんだけど、その中で、文句を言わない人っていうのは、そういう嫌なことを、自分なりに消化したり、解釈したり、納得する見方を持ってる人なんだよね。その納得する見方っていうのが、その人独特の魅力なんだよ。それは、職業や場所には関係ないんだよね」
「……あの、ユウコちゃんっていう人にも興味がわいた」
「ああ～。うん。でしょ？　ふふふ……」

「飛行機の窓から見た、雪の写真が好きだったな……。

あの、エイジくんっていう人の、昔の写真、お人形さんみたいだね」

「ね！　あれに私、飛びついたんだもん。と言っても、遠巻きに見てただけだけど。だいたい私、親しい人でも、かなり遠いよ。数年に1回会えればいいって感じだから。離れてて、知り合い、っていうのが好きなんだよね。みんな、そう。エイジくんだって、今年の初めは、電話番号も知らなかったんだもん。ずっと会ってなくて。ユウコちゃんに連絡とってもらって、わかったの」


「あのさ、今まで行った温泉の中で、どこが一番印象的？」と、私。

「あそこ。川内の」

「かじか荘」

「うん。あの、上の方のが」

「ああ〜。ホントよかったよね。私もそこだな。川みたいにきれいなお湯で」

「でも、上の方のは、男風呂との境が下半分なかったから、もし人がはいってたら、近づくと見えるよね」

「見えるね。足が。あの日は、人がいなかったからよかったけど。子どもだったら、もぐって入ってきそうだよね。……岩もよかったよね、底は砂利で、そこからお湯がぽこぽこ。いつか、また行きたいけど、遠いね……」

「うん。あそこは、出たあと、不思議と疲れなかった。疲れたのは、あそこ、城山温泉」

「ああ〜。みそ汁みたいな。泥みたいなね。あそこに入ってる写真を人に見せたら、ここに首までつかったの？　って驚いてたよ」

「なんだかすごく疲れなかった？　ぐったり……」

「そうだね。汗もひかなかったしね。強力なパンチくらった感じだよね。あそこって、粗野で素朴な、武骨者って感じだよね。そして、かじか荘は、天女みたい」

「きれいな」

「武骨者の方は、タオルも茶色になるしね。体にもついたよね、拭いたら茶色いのが。鉄の粉みたいなのが」

「そうそうそう。バスタオルにもついてた」

「あそこって、だれが行くんだろう」

「好きな人がいるんじゃない？」

「通好みなんだって。あれだけあったまるんだから、冬はいいかもね。いっぱつで寒さがふっとぶよね。……くるみちゃんって、あの町に住んでいて、落ち着く？」

見ると、運転しながら、帽子の頭を左右に振っている。

「ハハハハ」

「私、ひとりになったら、あの家、売って、どこかこぢんまりした家に移るかも。だから、先のこと、ほとんど考えてない」と、くるみちゃん。

「私も、今は子育て中だから、あそこにいるけど、子どもがいなくなったら、どこにいてもいいんだし、どこかに行くかもしれない。

でも、そう思ってるって、楽しいよね。今の状況は窮屈だけど、いつか抜けると思うと。

……あのさあ、私、ここに越してきた時、4年前か。まだよそ者気分だったから、保育園に砂場がなくて、砂場がほしいって言ってる先生の声を聞いて、寄付したのね」

「うん」

「小学校とか、中学校の部活にもね。調子に乗って」

「うん」

「で、寄付すると、感謝されて、それ以来、会うたびに、いい人、みたいに応対されるの」

「うん」

「それが苦痛でさあ。だって、私って、それ、単なる気まぐれっていうか、軽い気持ちでやっただけで、別に、いい人でもなんでもないじゃん。どちらかというとその逆っていうか、批判精神旺盛じゃん」

「ふふふ。そうだね」

「アウトローだからさ」

「ハハハ」

「なのに、それ以来、会うたびに、夢を壊しちゃいけないって、いい人のふりするのが……。私には、あってないわ。寄付ってさ、感謝されることを受け入れられる人がやるものだね。もう、これからは、迷わず自分の好きなこと、仕事上の夢を実現することのために使うことにする。だって、仕事も、寄付も、人のためになにかすることでは同じだもんね。自分の得意分野でやった方がいいよね。仕事で人助けした方が、ボランティアで労働するより、私にとっては、人助けの効率がいいって、人に言われて、そうかもな〜って思った」


宮崎市内に着いた。

はにわ製作の前に、平和台公園にある「はにわ園」へ行って、はにわを見てくることにする。研究しなきゃ。

「バカがバカなこと言いはじめたら私、バカの言うとおりにさせるんだ。そして、案の定、バカなことになるから、そしたら、『ね、バカなことになっちゃったでしょう』って、その結果を一緒に見るの」と、私。

「そのあとバカは、どうなるの？」

「うーん、……だいたい、消えてく」

「ふへー」

「だってバカは人の言うこときかない……あ、こっちだよ、道」

「間違えた。どうしよう」

「次で曲がろう」

「うん」

「私が結婚にむいてないと思ったのはさ、相手を必要じゃなくなるんだよね。だいたい、夫婦って、お互い助け合ってるでしょ。役割分担して、ないものを補い合って。でも、私は、全部ひとりでできるし、全部自分で決めたいし、自分のペースでやりたいんだよね。だから、人がいると、かえって邪魔になる。でも、子どもだけはひとりでは作れなかったから、たぶんその時だけ、2回、結婚したんだと思う」

「わあっ！　コワ〜イ。妖怪じゃん」

「うん。でもそうなんだよ」

「ふふっ」

「でも今だから、そう思うんだよ。その時は、わかんなかったけどね。好きだったんだろうし。それか、相手が私を必要としなくなるのかもなあ。相手ももともと私を必要としてないのかな」

「ふうん」

「誰といても、遠かったよ」

「………」

「友だちとか仕事仲間は近いけどね。あ、でも近いと言ってもそれでも普通よりはたぶん遠いけどね」

「ハハハ。むずかしいね」

「うん。それで、寂しいって思ったこともないし。ホント寂しいって思ったことがないよ。ひとりでも満杯っていうか、胸がいっぱいっていうか、大勢でいるような気分なんだよね……」

「でも、そうできるのも経済力があるからっていうのもない？」

「そう。それ大きいと思う。だから、それもあって、必要がない」

「うらやまし〜い」

「どうして？　だって、妖怪の道だから、ふつうの幸せはないんだよ。味わえないよ」

「そうかあー」

「妖怪の道オンリーだよ。……ま、妖怪の幸せはあるけどね。妖怪好きとなら気が合うよ。ハハハ、そう！　妖怪好きとだったら、すっごく気が合うと思うよ」

「……なんかさ、『つれづれノート』って、そんなちょこちょこしか読んでないけど、あれってまだ、ミステリアスなイメージがあったでしょう？　でも、今回のおしゃべり本って」

「リアルだよね」

「びっくりするんじゃない？」

「私も不思議なんだけど、なんか変わったんだよね、気分が。まあ自然の流れだとは思うけど」

「いいじゃん。おもしろいし」

「外出する準備に、いままで時間がかかったっていうか。長いこと靴の紐《ひも》、結んでたのか。慎重だからさ。外出るまでに20年」

「ハハ」

「外に出るって言っても、人前にはそんなに出ないけどね。でもホント、これからやろうとすることは、その妖怪的なところを打ち出さないとできないんだよね」

「へえ〜。どんな世界なんだろう、それ。楽しみ」

「いろいろ。あ、ここだ。ゆっくり出すからさ」

平和の塔が聳《そび》え立っている（48）。

ちょっと離れたところから見てみると、すごくいい感じだ。

「いいね～。この塔。こんなに感じがよかったんだ。小学校の時に遠足で来て以来」

「私も」

石が、いい色に変化していて、どっしりとして落ち着いた、いい塔だ。

惜しかったのは、帰ってガイドブックを読んでから知ったのだが「その塔の石段のところに立って手をたたくと、塔に反射してビーンという音がでます」というスポットがあったということ。塔まで近づかなかったから知らなかった。残念。やはり、せっかく行ったのだから、近づいてみるべきだった。

そして、すぐ脇の「はにわ園」へ。すごい。たくさんのはにわ。はにわ。はにわ。はにわがいっぱい。苔や青かびみたいなのがくっついてるのも、年季がはいった証拠でたのもしい。私が好きなのは、シンプルな、目と口が丸いやつ（49）。はにわと記念写真を撮る（50）。はにわがきのこのように薄暗く湿った森の中ににょきにょき生えているという感じだ（51、52）。くるみちゃんは、足の太い鳥が気に入ったという（53）。はにわ園をくるっとまわって、奥にあったはにわ館へ入る。ひょうたん展をやっていた。ひょうたんに、絵をかいたり、形をいろんなものにみたてて色をぬったり。素朴な、趣味の世界だ。すると、くるみちゃんが、私のTシャツを急につかんで、

「これ、裏返しじゃない？」

見ると、裏返しだった。でも、わかんないだろう。面倒だから、そのままにしとこう。

はにわに満足して、そこを後にする。

ついに、はにわ製作。はにわ園のはにわをぜんぶ製作したという本部さんという方の、「本部はにわ製作所」へ。ナビに電話番号を入れる。

「今日のナビのご機嫌はどうだろう」

なにしろ、山道好きだから。でも、さすがに平地には山はなかったようで、すぐ着いた（54）。

はにわや陶器をところせましと売っている店（55）の奥に、製作室があった。ちょうど子どもがふたり、終わったらしく奥からでてきた。作りたての彼らの作品が置いてある。

「子どもたちも夢中になって、1時間もやってましたよ」とお店の方がおっしゃる。

馬や、おどる女、家、兵士などから、好きな形を選ぶのだが、私はシンプルなのがいいの

で、おどる女にした。くるみちゃんも同じ。最もよく見るあれっておどる女だったのか。

1体、1300円。すでに成型されてる、型からだしたものを渡される。それに目や口をつけて、装飾品を好きにくっつければOK。しばらく集中したら、すぐ終わった(56)。やりすぎないよう気をつけたので。1回、模様をつけたけど、ごちゃごちゃしたから、消しりした。最終的には、3分ぐらいでできそうなものだった。

それは、焼いて後日配送してくれる。

店ではにわをひとつ買う。7000円の。それよりももうひと回り大きいのがよかったけど、それになると3万円だったからやめた。


お昼なので、計画しておいた、名物「レタス巻き」のある「一平寿し」へ。

すると定休日。私としたことが、不覚。

それで、すぐ近くの、これまた有名な釜あげうどんの店「重乃井」へ。長嶋さんが昔からひいきにしていて、巨人軍の選手たちが食べにくるという店。

なかなかしぶい門構え。のれんをくぐってはいると、こぢんまりとした店内はいっぱい(57)で、すぐさま間髪いれず「並ですか大盛りですか!」と聞かれる。メニューは、釜あげうどんだけ。だからか。「並です」「はいっ、並、ふたつ!」

あと、ショーケースに、自分で自由にとる一皿200円のいなり、散らし寿司、押し寿司があった（58）。注文してからゆでるので、けっこう時間がかかる。10分ぐらい待っただろうか。そのあいだ、壁の野球選手の写真などを見る（59）。長嶋さんの、白黒の、かなり若い頃の写真もあった。

釜あげうどん、来ました（60）。

あたたかい湯にはいったうどんを、あたたかいつゆにつけて食べる。つゆには天かすなどがはいり、甘辛く濃い。意外にやわらかいうどんをつけて食べたら、つるつると、あっという間に食べ終わった。なかなか、よかった。お客さんは、次から次へとやってくる。

「秋田の稲庭うどんとどっちが？」と聞かれ、

「稲庭うどんは、もっと細くて、つやがあって、こしがあるよ。稲庭うどんはおいしいけど、これも、やさしい麺と濃いめの甘いつゆがおいしいね」

「うん」

帰りにうどん屋の外で記念写真。やはり、ナイキのマークも裏がえし（61）。

さて次は、「フルーツの大野」で、マンゴーパフェだ。車で移動して、駐車場をさがし、店まで歩く。私はマンゴーパフェ。1050円。くるみちゃんは、フルーツのアイス2種。

マンゴーパフェが来たが、なんだかマンゴーが小さく見える（62）。アイスや生クリームは別に食べたくなかったので、今度からは、もうマンゴーパフェはやめよう。トロピカルパフェか、フルーツパフェか、チョコレートパフェにしよう。

それから、帰る。ちょっと道を間違えながら（私のせい）、でもどうにかうまくいった。天気もよくて、寝不足だったので、帰りはちょっとうとうとした。

「はにわ作り……、しょぼかったね。大きさ。小さいんだもん。子どもがやってた」と、力なくつぶやく私。

「形から自分で作るのかと思ってた」

「ね。もうできてるんだもん。ただ模様をつけるだけ。幼稚園生でもできる」

「……今日の中で、いちばん印象に残ったのは、あそこ。重乃井」

「ああ～。そうだね～。よかったね。昔ながらの本物の店という雰囲気があったね。……でもなんか、今日は、やったー、っていう達成感がないね……」

「そうだね」

「温泉に入らなかったからかな～。……なんか、ねむいね」

「うん。帰ったら、昼寝しよう」

「うん」

家に帰ってから、買ったはにわを箱からだして、部屋に置く（63）。子どもに恐いといわれた。でもいい感じ。ずっと家の中に置いとこう。

（後日、作ったはにわが焼かれて送られてきました。小さいけど、かわいい。ほとんど型からだしたそのままなので、自分で作ったとは言いがたいけど。買った大きいはにわと作った小さいはにわを庭に置いてパチリ（64））

人吉市・かくれ里の湯

熊本県人吉市から車で約30分。山の中にある温泉。

以前に行ったことがあるが、ちょっと変わった温泉だったので、もう一度行ってみることにした。陶製の人の顔が、壁に埋め込まれていたのを覚えている。奇妙な印象だった。

山道をくねくね進みながら、「こないだの夫婦喧嘩《げんか》、すごかったね」と、私。

というのは先日、たまたま近所の、ある家の夫婦喧嘩に遭遇したのだ。玄関のドアが開いてたので、まる聞こえ。旦那さんは、恐い声で怒鳴ってるし、奥さんはヒステリーみたいな声だし、子どもは泣いてるし、とにかく、恐かった。くるみちゃんは、恐がって、家に帰るって言いだしたけど、その夫婦が外に出てきたから、ちょっと待って、今は隠れてた方がいいかも、って言って、じっとしてたら、車に乗って外出しようとしてるみたいで、子どもは泣きすぎて吐いてて。

「人が怒鳴りあってるのって、恐いんだよね〜」と、くるみちゃん。

「そうだよね。なんか、見ちゃいけないものを見たって気になるよね。人の心の中の、いや〜な部分を。

でも、ああいう、夫婦喧嘩する夫婦、いるよね。ああいう人たちは、似たもの同士でくっついてるんだろうね。喧嘩することでストレス発散っていうか、ああいう喧嘩、お互いとしかできないだろうし。あの人たちは、あれでしかつきあえないんだよ。その形がふたりの形なんだよ。そして、それを求めあってる。それとも、かえって悪いところを増幅しあう関係なのかな？　だとしたら、よくない関係なのかもね。

でも私、大人と喧嘩はいやだけど、子どもが小さい時は、怒鳴ったよ」

「前、団地に住んでた時、隣に男の子が3人いる家族がいて、そこんち、毎日子どもを怒鳴ったり、ひっぱたいたりしてて、どうして〜？　かわいそう〜、って思ってたけど、私も子ども3人生んだら、なんか気持ちはわかるな〜って」

「でも、くるみちゃんって、子どもをあんまり叱らないよね」

「……うん」

「やさしいよ。ホントに。私は、よく怒るよ〜。特にカーカが小さい時」

「でも、子どもが大きくなると、もうそんなに怒らなくなるよね」

「うん。そうだね。話ができるからね。

　そういえば、前に、高級マンションに住んでた時、隣にきれいで上品な奥さんと小学生の子どもふたりとご主人様の4人家族が住んでたのね。お手伝いさんがいて、子どもも有名私立校みたいで。ああ〜、これがセレブか〜って感じの。そしたらある日、エレベーターに乗ろうとしたら、隣のドアの内側から、ものすごい怒鳴り声が聞こえてきて、ん？　と思って、耳を傾けたら、なんと、そのきれいな奥さんが、女の子を叱ってる声だったの。それも、『なんなんだ、この成績は！　なんのために塾に通わせてあげたと思ってるんだよ！　バカヤロウ！　てめえ！』って、男言葉で延々と。すごお〜く、恐かった。あの時も、見ちゃいけない、人の心の中のどろどろしたものを見ちゃったたって思ったよ。でも、それと同時に、この恐いものをじっくりと聞きとおしたいとも思った。感情の行き着く先を。で、廊下で耳を澄まして、息をひそめてしばらく聞いてたんだけどね。恐ろしかった。人間の内面を垣間《かいま》見《み》て。その子どもたち、エレベーターで会っても、なんか、いつもおどおどびくびくしてたよ」

「へえ〜」

「30歳ぐらいの時にね、もっと高級マンションに住んでたことがあって、ひと月の家賃が100万円くらいのとこ」

「わあ〜。今思うと、もったいなくない？」

「フフフ。ねえ。そういう時期だったんだね。1年ぐらいだったけど。

で、そこの寝室で寝てたんだけど、いつも、朝、6時ごろに上の階から、低い、じょぼじょぼじょぼ〜って音が聞こえてきて、なにかな〜って思ってて、わかんないままいつも寝ながらその音を聞いてて、ある日、ハッ、これ、おしっこの音だ！　たぶんおやじがおしっこしてる音。朝一番の、たまってたのを出す長いおしっこ！　って気づいて、それから、その音が気になって気になって。いつも、夢うつつの状態で、その音を聞いてたよ。すごくいやだった。耳ふさいでたよ。高級マンションでも、おしっこの音付きなんて、いやだよね」

「そういうとこでも、聞こえるんだ」

「その、朝の、それだけが聞こえるの。静かだからか。引っ越した時はほっとした。もうあの音、聞かなくていいんだって。もっと前に、若い時に住んでたとこは、上の人の朝の歯磨きの音がいやだった。カーッ、ペッなんて。窓開けて、外向いてやってたのかな。私、隣家からの音っていうのに、いちばん神経質になる。住居の条件では、音だけは静かじゃないと嫌だな。戸を閉めたら、完全に防音にならないと、気が散る。自然の音とか車の音はいいけど、人のたてる音が嫌なんだよね。着いたよ」

木が茂ってて、山の奥。なんとなく涼しく感じる。かやぶき屋根の母屋（65）へ入り、昼なお暗い広間へ（66）。そこで食事ができるようだ。夏でも、いろりの火は絶やさず、木を燃すいい香りが漂っている。

500円で自動販売機の入湯券を買い、中に入る。だれもいなかった。ひろびろとした温泉だ。真ん中に木でかこまれた浴槽（67）。湯の出口は、浴槽中央の焼き物のつぼ（68）。ふちがちょっと欠けてる。まわりの壁際には、小さな、温度の高い浴槽と、低めの（69）と、水のがある。かかり湯は、たぬきのおちんちんから湯が出る趣向（70）になっていて、これまた悪趣味というか、下品。なんでこういうのが好きかな。この趣味が惜しい。シャワーのあいだに陶製の人の顔がたくさん埋め込まれていて（71、72）、それはちょっと恐い。どことなく不気味だ。他にも鳥や植物など風情ある絵が描かれた陶板（73）も何枚も埋めこまれていて飽きない。

湯にはいると、やわらかな、うす〜く白っぽいお湯で、なかなかいい。つぼから温泉がこんこんと流れ出てくる。底に石が埋め込まれていて、それも気持ちいい。水風呂と交互にはいっていると、長くはいれる。窓の外は、8月下旬なのにもう秋の気配だ。木の葉を眺めながら、ほっとする。

空も雲も、真夏の色ではない。思い出の中の色みたい……。遠い記憶の中の……。そんな物思いに沈みながら、かなりゆっくりとはいっていたら、途中で電灯が消され真っ暗になった。

そのまましばらくはいってから脱衣所に出たら、そこも真っ暗。でも、まあまあ見えたので、その薄暗い中で着替える。

広間では、食事をしてる3名の女性グループ。炭焼きの地鶏が名物らしい。今度は、これを食べにこようか。

売店を見ていたら、さっき、電気を消してしまってすみません、途中から来たものですからわからなくて、と女性の従業員の方が謝ってきた。そして、お風呂のタダ券を2枚、くださった。うれしい。次は、これでお風呂に入って、地鶏焼きを食べたい。外の和風の小物がいろいろとあるみやげ物売り場にあったかっぱの絵柄のうちわ(74)。窓の飾りつけもかわいらしい(75)。山の中の、人里はなれた別の世界のようだった。

紫尾温泉、宮之城温泉

私「お楽しみ、ある？　身近な。小さい」

くるみ「……な〜んにも、ない」

私「私は、来週、飲みにいって、再来週、九州博物館へ行くの」

くるみ「へえ〜。……あの本、読んだよ」

私「『ものを作るということ』？」

くるみ「うん。今までの2冊と、また全然違うね。いつも話してる感じとも違うし。むずかしかった」

私「うん。あれはね。真面目《まじめ》に話してるから」

くるみ「今までのは、話を聞いてるって感じだったけど」

私「相手の人、なに言っても受け止めてくれるから、なんでも話せるんだよね」

くるみ「……『うらない』も……」

私「どう思った？」

くるみ「まだ途中だから、読んでから話すね。ためてから」

私「うん。ふふふ。……あーあ、なんにも楽しいことないなあ〜」

くるみ「さっき、あるって言ってたじゃん。博物館とか」

私「あれね、百点満点で言ったら、お楽しみ度、5点」

くるみ「ははは」

私「あーあ。もっと、ぱっと、気の晴れるような、すばらしいこと、ないかなぁ～」

道路沿いの田んぼや山のふもとには、あっちにもこっちにも彼岸花が、ぱっと血が飛び散ったよう、赤く燃えているよう。緑の中に赤。よくこんなあざやかな景色があるものだ。自然の配色には時々目をみはる。

今日の目的地は、紫尾《しび》温泉。と、宮之城温泉の岩盤浴。

いつも、行く温泉をどうやって決めるかというと、雑誌とか、熱い温泉マニアのホームページのコラムを読んで。この紫尾温泉というのは、温泉マニアがその泉質をものすごく褒めていたところで、前から行きたいと思っていた。鹿児島県さつま町にある。

入ったのは、紫尾区営大衆浴場。入浴料は、区外の大人、ひとり200円。区内の大人、100円。隣接する紫尾神社(76)から湧きでる「神の湯」と呼ばれている温泉が注がれている。神社の水はなかなか味のある、石でできた竜の口から出ていた(77)。首がくるんとまるくよじれていていい感じ。

浴場は、石でできていて、3つに区切られている(78)。それぞれに温度が違い、手前からだんだん熱くなる。熱い方が湯の出口側。熱い方が、効能がありますよと、入っていた方に教えてもらった。泉質は、つるつる。ぬるぬるというか、なめらか。ゆでたまごのような硫黄のにおいがうっすらとする。「うわあ～。ほんと、つるつる」と、思わず言葉が出る。

効きそう〜、な感じ。石でできているというのも、つるつるしすぎてるので、木だとすべるからかも。ゆっくりとつかる。ぽつりぽつりとお客さんが来る。
　ほんとに、なかなかすばらしいお湯だと思った。脱衣所の木のベンチもよかった(79)。あたたかい無垢の木で。
　何人か常連らしきお客さんがいらしたけど、みんな静かでやさしい、というかやさしい声かけが印象的だった。山に近い、こぢんまりとした本当に小さな町だけど、この辺の人はいい人なんじゃないかなと、出てからくるみちゃんと語り合う。
私「私たちの住む町ってさあ、なんか、クセのある人が多くない？」
くるみ「多い」
私「屈折してるというか……」
くるみ「うん」
私「なんか大らかじゃや、ない」
くるみ「うん」
私「この辺は行き止まりというか、山ふところっぽくて、落ち着いてる感じがするけど、あそこは、通過点で、県境で人が行ったり来たりする場所だから、落ち着かないのかもね。ゆったりできないっていうか」

くるみ「親戚の人が、年取ったら福岡にでも引っ越そうかって言うんだけど、それでもいいよ～って言っといた」

私「うん。私も、どっか行こうかな。どこって、行きたいところも浮かばないけど。……好きな……おもしろい人もいるけどね。もっと慣れたらいいのかな……。どこも一緒かなぁ～……」

もう1ヶ所、「しび荘」というところに入ろうと思ったのだけど、疲れたのでやめて、お昼ごはんと岩盤浴に、宮之城温泉へ行く。改装されて綺麗な手塚旅館というところ。

岩盤浴は初めて。パジャマみたいな服に着替えて、ひとりずつ区切られた場所に寝ころぶ。棺おけを連想した（80）。床に埋め込まれた石があたたかく、だんだん、汗がでてくる。静かな音楽だけが流れて、気持ちいい。

途中休憩しながら、1時間ほど入っていた。かなり汗をかいたが、その汗はさらさらしていて肌にいいので、洗い流さない方がいいと書いてあったので、そのまま拭くだけにする。たしかに、肌がさらさらしている……ような気がする。

帰り、ぼんやりしながら、またたらたらしゃべる。

私「私、毎日あの穴ぐらみたいな家の塀の中にいて、な〜んにもいいこともない……」
くるみ「私も」
私「天気はいいよね。すがすがしい」
くるみ「いいね」
私「気持ちいい、穴ぐらか」
そうだなあ……。思い返してみても、今までどこに住んでいても、いつも自分の住むところ、部屋は居心地よくしつらえてたなあ。そして、外に出るときは「よいしょ」って感じでそこから出て、食料とか買って、そしてまた帰ったらそこの中で気持ちよく過ごして。私はたぶん、どこに住んでも、家だけはカプセルみたいになっているんだ。移動した場所で閉鎖的で居心地いいカプセルを作って、そこで過ごす。どこに行っても周りとの関係は同じ距離。どこにでもカプセルを作れる。カプセルというか、繭というか。その繭の中にいたら気分よくなれる。いつも、どこに住んでいても家という繭の中は好きだな。

秋　えびの高原・池めぐり

秋になり、紅葉の季節になったので、池めぐりに出かけることにした。おにぎりを作って、帰りに温泉でも入ろうと。一周2時間ぐらいかけて、3つの池をめぐろう。

そこまで車で行く途中に、いつも気になっていた温泉があった。ぼろぼろの看板で、ハーブ湯と書いてある。以前、なにかの広告で鳥鍋がおいしいと読んだような気がして、帰りここに寄ろうかと話し合う。怖いけど、どうしよう。どんなところだろう。でも、こういう機会でもなければ、絶対行かないだろう。

私「去年はよく山に登ったよね」
くるみ「うん」
私「今はもう全然登りたい気持ちがしないな」
くるみ「私も」
私「もう無理だと思う。よくやったよね」
くるみ「うん。買ったトレッキングシューズ、あれっきりだ」
私「私も」

でも平地なら大丈夫。

2時間歩いて、池を3つまわった。まあまあの紅葉。途中、きれいきれいと女性2人組がさかんに上をみあげてこっちに教えるように感嘆していたので、そこまで言うなら私たちも見なきゃいけないかと見上げた。写真も撮らなきゃいけないかと、その赤いもみじの写真を撮る（81）。紅葉していたのはそれぐらいで、他はまだあんまりだった。

途中で足がかゆくなって、ちょっと気分が悪くなった。

昼頃、車のところにたどり着き、じゃあ、あの温泉に行ってみようということになり、おにぎりはそのまま持って、どきどきしながら温泉へとむかった。

すると、休みだった。

がっくり……。

おにぎりを食べるところもなく、なんかやる気がなくなり、「もう、帰ろうか……」。

そのままそれぞれの家に帰って、それぞれ、ひとりでおにぎりを食べた。

なんと、寂しい。でも、今日は午前中のハイキングということで。

冬　霧島国際ホテル、民家改造カフェの人

今日は、温泉研究ではなく、ただ温泉に行こうと、くるみちゃんと霧島温泉郷へ出発。最近、岩盤浴ができたという霧島国際ホテルというところへ行ってみた。朝の10時前に着いたら、11時からですとのこと。

1時間以上も、なにしてつぶそう……。このホテルのロビーでコーヒーでも飲む？

でも、どうも心惹《ひ》かれない……。で、とりあえず車で出て、そういえば、この先に、プレートランチのあるカフェがあったよね。お茶飲めないかなと、行ってみることにした。

看板をみながら坂をおりると、古い民家があり、そこらしい。入り口に犬がいて、こっちを見ている。車をおりて近づくと、犬がさっとよけて、脇にすわって、私たちを通してくれた。おりこう。

中に入ると男の人がいたので、「すみません……、お茶、飲めますか？」と尋ねると、「いいですよ」という。本当は、11時からみたいだった。

靴をぬいで、和室と廊下のテーブルの中から、陽の当たる廊下のテーブルを選んですわった。

私はロイヤルミルクティーを注文した。

待つ間に、いろいろながめる。民家改造カフェだ。手染めのシャツがぶらさがってる。

こういうお店をやってるっていうことは、人が好きなんだろうね、人が好きじゃないとできないよね、人嫌いはできないね、人が来ないと成り立たないんだから人が嫌いじゃないんだよね、人が集まるのが好きなのかな、見ず知らずの人が来るよね、などと、人に会うと疲れることのある私は盛んにそのことを執拗《しつよう》に繰り返しくるみちゃんに語る。疲れるといっても見知らぬ人でも大丈夫な人もいるので、相手によるのだろうけど。

ミルクティーを飲み終わり、台所の隣の、食器やカードが置いてある小物売り場に行ってみた。屋久島の写真の手作りポストカードなど、細かいものをながめて、最後に雑誌が置いてあったので、それをパラパラめくりながら、くるみちゃんと話していたら、さっきのおにいさんもランチの仕込みをする合間に、そこにある椅子にすわって雑誌を見ながら、音楽にあわせて右手を動かしている。

その様子が非常にリラックスしている感じだったので、ふと声をかけたくなり、雑誌を手に持ったまま、

「きょうのランチは何ですか？」と聞いてみた。

「きょうは、チキンのデミグラスソースがけと、サラダや、パスタなどです」と、感じよく説明してくれる。

「いつもひとりで作ってるんですか？」

「はい。仕入れに行って、なにがあるか見てから、その日のメニューを決めるんですよ」

「……人が好きなんですか？」

「そうですね……、実は、以前は、ぜんぜん違う仕事をしていたんですよ」

「え？　どんな？」

「農林水産省で、ダムの設計とかやってたんです。でも、いろいろあって……。

僕は、人生は70年と思っていて、もう35年生きたから、これからの半分は好きなことをしたいと思って、35歳の時に、辞表をだして辞めたんです。いちばん忙しい時に」

「ハハハ、いちばん忙しい時に？」ウケる。

「はい。それからは、しばらく1年半ぐらい日本中を旅行して回って、……で、何をしてないかなあと、僕、やりたいことでまだしてないことはなんだろうって考えたら、農業をしてなかったんです」

「うん」

「それを思いついて、すぐにコンビニで履歴書をかって、あっちこっちに出したんですけど、経験がないからどこもダメで、でも1ヶ所だけ、豚の、養豚所が雇ってくれたんです」

「へえー」

「そしたら、そこがすごく楽しかったんですよ！」

「へえーっ！」なんで？

「行って2日目にお産があって。なんでもやらせてくれたんですけど、そこで、電気の工事もなんでもさせられて、それで覚えて、この店も全部自分でやったんですけど。電気もそこのトイレも自分で作りました。そこが本当に楽しかったんです」

くるみ「くさくなかったんですか？」

「それがぜんぜん、くさくなかったんです。そこの社長さんが清潔好きで。いろいろと教えてもらえたし、従業員の人もよくて」

「そこがよかったんだね！」その養豚所が！

「そこがよかったんですよ。で、1年の約束だったので、それが終わって、知り合いのお店を手伝ってて、それからここに」

「ここは、どれくらいやってるんですか？」

「1年半です。こっちはもう、本当に自分の好きにやろうと思って。都城にあるお店の方は、僕がプロデュースしてるんですけど、そこはもっと街のカフェっていう感じなんですけど、こっちは、のんびり、ぐだぐだできるような……」

「ふ〜ん。……これからさき、こういうことをしたいっていうのは、なにかあるの？」

「今、結婚してるんですけど、その相手が鹿児島で学校の先生をしてるので、転勤があるんですね」

「うん」

「だから今度は、こっちはだれかに任せて鹿児島にも一軒お店をつくりたいんです。

　ドーンとそういう夢が、僕、急にくるんですよ、そうすると、小学生のノートみたいなのに、書くんです。ばーって。……夢って、思ってると叶《かな》うよねって、いつも話してるんですけど」

「ふうん。それ、できるよ。きっと（と思った。この人なら）。

そのさ、今結婚してる人とは、どうやって知り合ったの？」興味ある。

「学校の先生って、夏休み、授業がないじゃないですか」

「うん」

「で、夏、ずーっと1ヶ月、毎日来る人がいて、変わった人だなあと思って、……それで、だんだん、親しくなって」

「ふうん。じゃあ、ここに来てからなんだね。これ、やり始めてからだね」

「はい。1年ぐらい前です。……そう、前の仕事を辞めて、給料は3分の1ぐらいになりましたけど、それを補って余りあるのは、お客さんが、ごちそうさま、って言ってくれることが、それがうれしくて、それがもう、本当に」

「うんうん」

11時になったので、じゃあ、今度、ランチ食べに来ますね、と言ってそこを出た。

やけにいい気分になる。

くるみ「いい話を聞いたね」

私「うん。なんか、あの人、いいね。すごく」

くるみ「私、夢を語る人を見たのは初めて」
私「そうなんだ〜。それもまた。ふふ。……私はいっぱい見てるけど。
　マイナスのことなにも言ってなかったでしょ？　夢を語る人は多いけど、そういう人はめずらしいよ」
くるみ「うん」
私「ひねてないし、グチもなかった」
くるみ「うん」
私「あれほど心がきれいな感じの人はあんまりいないと思う」
くるみ「私たちのことをさ、こんな時間にきてなんだろうこの人たちって、不審に思ってる感じも全然しなかったよね」
私「うん。空気みたいでね。な〜んか、あの座ってる様子を見て、あの自然な様子を見て、ちょっと、聞いてみたくなったんだよね。話しかけてみたいなあって」
くるみ「ばーって話しはじめたよね」
私「うん。短い時間にね。5分ぐらいしかしゃべってなかったよね。でもすごく充実感があった。わかりやすかったね。言ってることが、ちゃんとまとまってて流れがあって」
くるみ「……コンビニで履歴書買ってすぐ出した、って。おいおい、一拍おかないの？　って思っちゃった」

私「ふふふ。私と似たタイプかも。思い立ったら、すぐ。

どうしてあそこで店をやるようになったのかっていう経緯《いきさつ》も聞いてみたかったなあ」

くるみ「それにしても、聞くの、うまいよね」

私「それは、たぶん、私が本当に聞きたかったからだよ。本当に純粋に、あの人に聞きたかったから。それがわかったんだと思うよ。あの人。聞いてくれるって。

でも、私たちも、聞いててすごく、いい気分になったね」

くるみ「うん」

私「すごく、今、気分がいいよ。あの人、大丈夫だよ。いろいろやると思うよ」


この時のことを私はそれから何度も何度も思い出すことになる。

あの時のやりとりは、あれは私にとって本当の意味でのインタビューだったんだと思う。

あれが取材というものだ。ふと興味を持った人がいて、自然に聞きたくなって素直に聞いて、相手も答えてくれて、どんどん聞きたいことが次々とでてきて、そしてそれを聞いたと思った時に、もう聞いたと感じる瞬間があって、終わるべき時もわかって。私がこれから人と関《かか》わりたいと思っている、そのひとつの形はこういう形だと思う。時間もたぶん短くていいんだ。それ以上の詳しい話を聞くのは別の人の役目だろう。私にとってこの時の経験はとても大事なものだったし、これからもずっと大事なものであり続けるような気がする。

それからホテルの大浴場に入って、岩盤浴。本当の寝るタイプの岩盤浴は別室で別料金なのだけど、大浴場のなかにも座るサウナタイプの岩盤浴があるというので、大浴場にした。ずっと座っているとだんだん温まってきて、最後はかなりぽかぽか。

露天風呂は、白濁した温泉だ。周りの木々の葉はもう落ちて、晩秋の景色。

帰り、

私「『うらない』の本の感想、まだ聞いてなかったね」
くるみ「あの人、頭がいいっていうのもあるだろうし……、カンちゃんのこと、どうして、ひとりで生きていけるとか、ああいう性格のこと、会ったこともないのにわかるんだろう」
私「それは占い的な、特殊な能力で、だと思う」
くるみ「あの本4冊って、それぞれの人にあわせて……、最初のふたりのは、興味があるところを聞いてる感じで、相手の人にあわせて、……聞き役に徹してるよね。……『うらない』の本が、いちばん自分がでてるんじゃない？」

私「うん……そうかなあ。まあ、いちばん深いとこまで話してるよね……。3番目の人は、安心してしゃべれる。キーちゃん」
くるみ「ふふ。あの人も、変わってない？」
私「うん。何言っても大丈夫な気がして、何でも話せるんだよ。理解してくれるんだよね。あの4冊の中の私って、同じだった？　違った？」
くるみ「違う……、相手によって違うところがでてるような感じだった」
私「今ね、5人目をやってるんだけど、それがいちばん難しいんだよね。ハタチの時から知ってる友だちなんだけど」
くるみ「ふうん」
私「……私ってさあ、基本的には出不精だよね。最近、いつもほら、パジャマでしょう？」
くるみ「うん」
私「ずーっと、家にいるもん。あの塀の中に。
　たまに、買い物とか郵便局とかの用事がある日は、前の日からメモして計画たてて、よし、って、まるで遠いところにでも行くかのような決心で出るんだ。家でのしあわせタイムはね、昼、録画したテレビを見ながら、ひとりでごはんを食べる時間。それがもう、しあわせ。家にずーっといて、仕事してるのが楽しいんだよね〜。邪魔もないし」

黒豚しゃぶしゃぶ、旅行人山荘

テレビの旅番組を見ていたら、高知東生が鹿児島で黒豚しゃぶしゃぶを食べていた。近くなので一度行ってみようとくるみちゃんと、その「黒豚の館」という店に行くことにした。山の中にあった。豚肉3種。バラとロースと、なにか。脂身が白い(82)。お湯の中でしゃぶしゃぶして食べる。けっこう……かなり、歯ごたえがある。あごが疲れるほどの噛《か》みごたえ。味も、しっかりしてる。

食べ終わり、感想は、……うむ……、まあ、一回食べればいいか……。ふつうにそこらで売ってるやつで、私はいいや。くるみちゃんも同じ意見。しゃぶしゃぶなのに、肉がやけに分厚いねって。そう、ガツンとね。

宮崎は地鶏も名物だけど、私もくるみちゃんもそれほど好きじゃない。地鶏の刺身も食べ飽きたし。地鶏の炭焼きはよく祭りで売ってるけど、酒のつまみというか、かなり硬いので普段は食べない。焼酎のつまみだ。噛み切れない時もあるし(その後、おいしい地鶏の炭火焼というのを食べて、今まで知らなかったのだということが判明。硬いばっかりじゃない、軟らかいのもあるんだと)。

帰りに温泉にはいろうと、たまに行く「旅行人山荘」という温泉旅館へ行った。古く落ち着いていて、とても静かで感じがいい旅館だ。森の中の人気のある貸切露天風呂もいくつかあるけど、大浴場にはいる（83）。ここの露天風呂からは天気がいいと桜島がきれいにみえて、景色がすごくいい（84）。晴れていて天気はよかったけど、白く霞《かす》んでて、桜島は見えなかった（85）。大浴場に湯の花がたくさん浮いていて、集まってるところは、まるでかき玉汁のようだった。だれもいなかったので、底に沈んでいるのをわざとかき混ぜて、「かき玉汁、かき玉汁」といって遊んだ。売店に並んでいた小さな木の人形にやけに心ひかれ、目が釘づけになる（86）。

インドカレー、「きのこの里」の温泉

きょうも、くるみちゃんと車で出発。途中、いちごハウスの前の道端でいちごを売っていたので、2種類、1パックずつ買う。朝摘みいちご。摘みたてがいちばんおいしいから、車の中でぱくぱくと、数個食べる。おいしい。時間がたつとだんだん甘みが少なくなるからさ。

妙見温泉の方へ向かうと、途中の小学校の塀の絵がかわいい。前もここを通った時、心ひかれたんだった。で、止まってもらい、写真を撮る（87、88）。それから、知ってたけど行

ったことのなかった洞窟《どうくつ》に行ってみる。「熊襲《くまそ》の穴」。すごい急な階段を上って（89）、はあはあしながら真っ暗な石の壁のすきまの中へ（90）。洞窟になっていて、はるか昔、ここに部族が住んでいたらしい。湿っていて、白くもやがかかってる。ぬるいような空気。う〜んと思いながら、近年、画家によって描かれた壁画を見る（91）。足元は水溜《みずたま》りになっている。ここに人が住んでいた時のことをいろいろ想像した。そして、ちょっと息苦しくなる。

お昼は、霧島市にあるインド料理「ビスヌ」でカレー（92）。くるみちゃんはラムカレー、私は、チキンと野菜のカレー。以前、本場のインドカレーというカレーを食べたとたん、いきなり胃が痛くなってしまい、20分ほど痛みが続いたことがある。香辛料が利いたのかもしれない。それを思い出して警戒していたら、胃は痛くならなかったけど、お腹が痛くなった。インドカレーって、利く。私には。焼きたてのナンがおいしかった。

その帰り、立ち寄り湯に行った。妙見温泉の旅館に行ってみたのだけど、その日は入れなかった。で、前におそばを食べた「きのこの里」併設の温泉に行くことにした。２００円。こっくりとした薄茶色で、浴槽が2つに分かれている（93）。熱いのとぬるいの。だれもいなかったので、静かにゆっくりとつかれた。あたたまる〜。すると、後半、おばちゃんたちがどっとやってきた。中に、すごく声の大きなおばあちゃんがいて、脱衣所にいても、まるで目の前にいるかのようにはっきりと聞こえ、笑ってしまった。こぢんまりとした、なかなかいいお湯だった。おそば屋さんについてる温泉なので、意外と穴場かもしれない。

ぬる湯

私はよく、温泉好きの人のレポートを読んで、参考にしている。そして、思いがけなく近くにいいところがあるのを知る。今日は、ひとりで「えびの保養温泉」に行ってみた。今は週に4日（水木土日）、1時半から7時半までしか営業していないそうだ。で、水曜日の1時半に行ったら、門が閉まっている。休みかなと思って車を止めたら、開いてますよと前でタンスを組み立てていたおじさんが教えてくれた。門を開けてもらってはいる。４００円。お金を渡した時、ご主人が、まだお湯がたまっていないけど、しばらくしたら、たまると思います。ゆっくりと、1時間から2時間入ってくださいね、と言われ、はいと答える。

まだだれもいなくて、本当にお湯がたまってない。20センチぐらいしか。しょうがないので、ドドドとたまりつつあるお湯を背に、最初に髪の毛を洗ったりして時間をつぶす。

だんだんたまってきた。ここは、40度ぐらいのぬるい温泉らしい。うす茶色っぽいにごったお湯。入ると、たしかにぬるい。私はどちらかというと熱めのお湯が好きなので、ぬるいなあ～と思うが、つかりながら、壁の貼り紙や説明書きをゆっくり読む。ずいぶんいいお湯だって書いてある(94)。まあ、自分だから悪くは書かないよね。手で体をさするといいとか。飲んでも、すごくいいと書いてある。ドドドとでてくるお湯を手ですくって飲んでみた。酸味があって……、ポカリスエットから甘さをぬいて、ちょっとすっぱくしてあたためたような味か。何度も飲んどく。湯気がもうもうとたって、真っ白だ。

おばあさんがひとり入ってきた。あいさつして、しばらくしてから、どちらから？　と聞かれたので、すぐ近くなんですけど、温泉が好きで温泉めぐりをしてます、この辺は熱いところが多いのでぬるいのはめずらしいですね、などとしゃべる。おばあさんは、近所の方で、よくいらっしゃるらしい。足を怪我してね〜と、足をお湯でさすってらした。この時間はお湯が新しくてきれいなんですよ、と。

お湯がだんだんたまってきた。３つの部分に分かれていて、手前のふたつはだいたいたまり、いちばん向こうのは、まだ底のあたりしかたまってない。うたせ湯もある。下にはいって湯に打たれてみるが、それほど強くはない。浴槽の中に椅子がある。その椅子は鉄分で茶色になっている。

さて、もうひとつの源泉、32度の方に入ってみよう(95)。こちらは透明で、底に湯の花が沈んでいる。昆布茶の底にたまってるような、ほわほわした茶色いのが。冷たいというほどではないけど、うっすら寒い気がする。でも、ねころんで枠の木に頭をのせて窓の外の空を見てたら、いい感じだ。しばらくして、またあたたかい方に移動する。もう全部にお湯がたまって、いちばん向こうの浴槽からお湯があふれでている。

ぬるいので、のぼせることもなく、いつまでも入れる。おばあさんも帰ってしまい、私はひとりで1時間半は湯につかっていた。32度のにふたたび入り、またあったかい方へ。そして、また飲む……。3時半になったので、まだいられそう……と思いつつ出る。人はだれもいない。

居間は素朴な田舎家の雰囲気(96)。畳の間にはこたつも並んでいた。外に、ご主人がいたので、挨拶して帰る。と、ここでデジカメが急に壊れた。電源が入らない。ぴくりとも動かない。んん……(バッテリーの故障だった)。

車の中で、のぼせていないし、疲れもないし、寒くもないし、けっこうよいなあと思う。名前を手書き風の「ぬるゆ」にして、脱衣所を広げて、横になれる場所を作ったらどうか、などとアイデアを勝手に練りながら帰る。その後は一度も行ってない。なにしろぬるいので。

神経痛に効くという般若寺温泉

私が勝手に「温泉の先輩」と呼んでいる方が褒めていた温泉に、ひとりで行ってきた。あたたかい2月の昼下がり。そこは神経痛に効くという、評判の温泉だ。近所のご老人が来られる地元の湯治場風の温泉。私が行った時も、3名ほどの方がいらっしゃった。お湯の温度は熱くもなく、ぬるくもなく、はいりやすいお湯だった。色は薄茶色。人がいるので、写真は撮れない。なんか、うっすらとしっぷみたいな妙な匂いがするが、なんだろうな、これ。

湯につかりながら、壁の「入浴のマナー」と書かれた説明書きを読む。

「体を洗って入るように。とくにおしりやわき。縁には絶対に腰かけない。お湯の中で体をこすらない。垢《あか》が落ちるから。湯船には静かにじっとつかるだけ。湯船で入れ歯を洗わない。」などなど。それを読んでいるうちに、なんだかかえっていろいろ想像してしまい、気持ち悪くなって、入っていたくなくなり、すぐに出た。

ふう〜。ここは、もう、いいや。説明書きがリアルすぎてね。あったまることは、あったまった。

秀水湯、ラムネ温泉

くるみ「いつもだけど、また晴れだね」

私「うん」

そう、私は晴れ女。

2月上旬なのにぽかぽかと春の陽気。梅も咲いている。そんななか、湯めぐり。

今日は、うわさに聞いた妙見温泉「秀水湯」へ。指圧治療院にあるという温泉。200円を玄関扉の竹筒の料金入れにいれて、奥へ進む。なみ状のプラスチックの簡素な扉を開けると、左に打たせ湯、奥に脱衣所と内湯。どちらも3人も入ればいっぱいっていうぐらい小さいけれど、お湯がドードーあふれていて、ザーザー床に流れて、いい感じ(97)。これぞ温泉という感じだ。湯けむりがもうもうとたつ中、さっそくお湯につかる。やわらかく気持ちいい。あったまりそう。とにかく、出てくる湯量が多いので、常にお湯が新鮮。それがいいですね。そう、温泉はそれが一番。寒いとき、ここでひとっぷろ浴びたら、気持ちいいだろうなあ～。打たせ湯に行ってみる(98)。こちらは内湯よりちょいぬるめ。ドーッと細い棒のように落ちてくる湯。

私「どう?」

くるみ「いきおいがあるから、湯が重いよ」

私「打たせ湯って、どうもよくわかんないんだよね。これ、気持ちいいの? それとも、ずっとやってなきゃいけないのかな? もっともっと水圧が高いのが、痛いぐらいのがいいんだけど……」

157

156

159

158

160

162

161

163

164

165

166

167

168

169

170

171

172

173

174

175

176

177

178

179

180

181

182

183

184

185

186

189

187

188

195

190

192

194

193

197

196

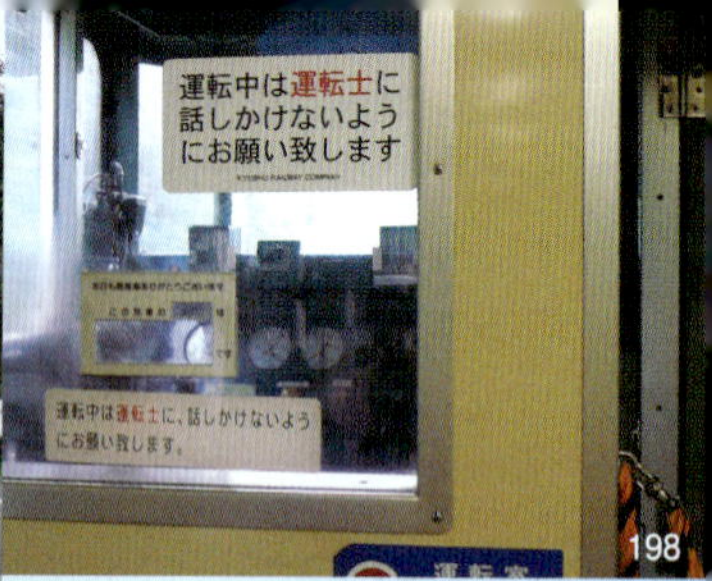

198

199

200

201

202

203

204

お願い
・浴槽内で、タオルを
使用しないで下さい。

206

207

208

209

210

211

212

213

214

215

216

217

218

219

220

222

221

225

223

226

224

228

229

230

231

232

233

235

236

234

239

237

238

241

242

240

244

245

243

隣に水風呂があったので、そちらにも入ってみる。自然の湧き水みたいで、つめたいけど、入れた。

出てからも、ぽかぽか。こないだデジカメが壊れたので、今日はふつうの一眼レフを持ってきたけど、フィルムの残りが10枚しかなく、すぐに撮り終えてしまった。しかも湯けむりで、写ってるかどうか。このあと、近くの「仙寿の里　ラムネ温泉」へ行こうと思うが、フィルムがない。ま、いいか。

山の中の一軒家、ラムネ温泉に着いた。広い駐車場。点在する建物。おばあちゃんにお金を払う。３００円。ゆっくりはいってね、露天風呂にもはいってね、といわれる。はーい。

「わ〜、いいじゃん！」

だれもいない。内湯は、壁がなく、半露天風呂で、奥の緑が気持ちいい。四角い浴槽に、さっきのところと似た薄茶色の温泉。味は、酸っぱいような鉄分の多い味。泡はつかない。

露天風呂は、大きな石がまわりを囲み、そっけないけど、広い。内湯に入っていると、ぶーんと小さな虫が顔のまわりを飛び交う。気になる。壁に、「虫に注意」という貼り紙があった。「カやブヨ」。蚊取り線香がいくつも置いてあるけど、今は火がついていない。

くるみ「うちの娘、高校卒業前でひまだからって、今、飲み屋でバイトしてるの」

私「へえ～。で、どうだって？　おもしろいって？」
くるみ「おかあさん、男って、バカだね～、だって」
私「ハハハ。そうそう、そうだよね。そういうことがわかるから、2～3ヶ月なら、そういうバイトもいいかもね」
くるみ「うん。男って、酔うと見栄はるし、調子に乗るしね。でも、時給がいいから、普通のバイトをバカらしく思うようになったらよくないなあと思って。一生懸命働いてこれだけ？　って。らくして稼ごうと思うようになったらまずいよね」
私「うん。でも、それはたぶん、志があるかないか、だと思うよ。今だけよければいいって思う子はそこでとまるだろうし、やりたいことがある子は、流されないと思う。だって、おもしろさの度合いが違うもん。刹那《せつな》的な遊びと、本質的な夢とは」
くるみ「うん。……そういえば、今度、私たちの同級生の○○ちゃん、再婚するんだって。同級生と。覚えてる？　○○くん」
私「へえ～。う～ん、なんとなく……」
くるみ「ビビビ婚かな？」
私「好きになったんじゃない？　結婚って、好きになってするか、自分の理想の結婚っていうのを考えて、それに合った条件でするかじゃない？　同級生と再婚っていうことは、好きになったんじゃない？　なんか、縁があったんだね」
くるみ「うん。……再婚ねえ〜。いちおう、よかったね、とは言っといたけど」
私「人の恋愛には、興味ないな」自分のにも、ないし。
くるみ「うん。前ね、うちの母が、すごく落ち込んでたとき、占い師さんのところに行ったんだって。で、私のことを話したら、この人、男運がないですね〜、って言ったって」
私「ハハハ。ホント？　でも、男運って、なんだろう……」
くるみ「でも、母は私のことをその時にいろいろ話したんだと思うんだけど、その内容が、そう思わせるような感じだったんじゃないかな？　ほら、いろいろと話すじゃない？」
私「ああー、そうだよ！　きっと。男運が悪いような話をしたんだよ。占いに行って、いいこと言う人いないもんね。だいたい悩みがあって行くわけだから。病院でいえば患者だからね。病気がないと行かないし。かえって、より病人らしくふるまっちゃうよね。占いも、悩んでなくても、悩んでるっぽくなっちゃうんだよね、なんか。
　でも、私いつも思うんだけど、男運、って言葉ほど、意味のないものないよね。だって、男運って、本当はないもん。男運が悪いって言ってる女の人がつきあった、その当の男が悪いんだよ。男運がないんじゃなくて、その男が悪いんだよ。そして、ひいては、そんな男とつきあった自分が悪いんだよ」

くるみ「そうだよね。自分だよね」
私「うん。運じゃなくて、男が悪い。自分も悪い。男運なんてものは存在しない。それは、酒のつまみみたいな、グチこぼす時の小道具みたいな言葉だよ」
くるみ「そうだよね。そういって女同士なぐさめあう、みたいなね」
私「うんうん。ハハハ。思い出に自己満足っていうか、自意識過剰的な自己愛。とか、そういって男を誘うとかね。……なんかさあ、ちくちく、さっきから、この虫、刺さない？」
くるみ「刺す。刺された」
私「だからだ、貼り紙。……うわー、来てる来てる。いてっ！　虫はいやだね」
くるみ「虫はいや」

ある生真面目な人について。
くるみ「こないだ、偶然、会ったよ」
私「ああ〜。あの人、怒るからいやだ。いろいろ注意されるんだもん。小さいことで」
くるみ「ハハハ」
私「真面目なんだよね。私はさあ、仕事とか、これは真面目にしなきゃいけないってことは真面目にするけど、これは別にやりたい人がやればいいってことは、気楽な気持ちでやるから、どんなことにも真面目な人からは、昔から、よく注意されるんだよね。別にいいじゃんって思うけどね。そんなきりきり生真面目になんなくても。自分がやってるからって、人にまで強制しなくてもね。自分も、いやだったらやらなきゃいいんだよ。あんなくだらないことで人を巻き込まないでほしいよ。本当は嫌だけど嫌といえなくて、でも自分だけやるのも嫌だからって、人に同じことさせようとするのやめてほしい」

あったまったので、出て、急いで着替える。虫に刺されないように。

帰り、ぽかぽか陽気と、あったかさと、たぶん温泉成分で、眠くなる。家を出てから帰るまで、ちょうど3時間だったけど、5〜6時間はすごしたような気がする。温泉っていいなあ。

ひとりでふらりと鶴丸温泉

ある2月の昼、またふらりと行ってきました。いつだったかその浴槽の写真を見て、レトロな雰囲気がいいと思っていた鶴丸温泉へ。鶴丸駅という無人駅の前にある鶴丸旅館のお風呂らしいが……、だいたいの見当をつけてゆっくりと車を進めていくと、……ありました。かなり古い旅館だ。玄関から入り、小窓に向かって声をかけると、奥から調理中らしきおばちゃんが、はーいと元気に出てきた。お風呂お願いしますと200円を払う。暗い廊下を進むと、すぐに右手にのれんがあった。

脱衣所に先客が3名。どうやら私が常連さんじゃないとわかったようで、お湯を、蛇口を開けて出したらいいですよ、と教えてくれた。その方たちも初めてで、蛇口が止めてあったので、開けて出したのだそう。教えてくれたんだ。ありがとうございます、と挨拶する。その方たちが出て、ひとりになった。写真を撮る(99)。う〜ん、かわいい湯船じゃないか。たらこみたいなまるが2個。いいなあ。形がいいなあ。カランの上にあるモザイクタイルの絵が鶴なのは、鶴丸温泉だからだろうか(100)。

この辺の温泉は、前田温泉と同じ、黒い、モール泉だ。コーヒーとか、ウーロン茶色。蛇口をひねってお湯をドーッと出す(101)。入る時、狭い段に足を置いたら、すべりそうになった。すべすべぬるぬるしたお湯だ。温度もちょうどいい。浴槽の深さが3段階になっている。片側のまるが深め、もう片方のまるが中で区切られていて、浅いのと、中間の。

本当につるつる気持ちいい。

狭く小さい引き戸を開けると外に露天風呂もある(102)。くぐって行ってみた。

露天風呂もちょうどいい湯加減だった(103、104)。熱くて入れないと聞いたことがあったので、今日はよかった。手をお湯につけると、温泉の色でオレンジ色に見える(1

05）。深く沈めると茶色、浅いと黄色。深く、浅く、沈めたり、持ち上げたりして、茶、オレンジ、黄色、オレンジ、茶、と色が変化する様子をみる。
湯の出口にコップがあったのでちょっとだけ飲んでみた。味はあまりない。

もう一度、内湯に入る。かなりあたたまる。入ってるのにも飽きたので、出た。

外に出て、帰りがけ、道の脇の木に、「鶴丸駅」という板に書かれた看板が見えた。それを見て、しばらく走っていたけど、どうも気になって引き返す。その無人駅を見てみたい。

車から降りて行くと、その木の看板の向こうはガクンと低くなっていて、建物は見えない。階段を下りると、単線の線路があった。そして、苔むしたようなホーム。切符をいれる小さなステンレスの箱。ポツンと待合小屋。すぐそこには民家。ふ〜む。めっちゃ、しみじみしてる（106）。

吉松駅

きょう、友だちに誘われて、吉松駅という駅の近くの自宅開放のお店にお昼を食べに行った。その帰り、目の前をレトロ風の電車が通って行ったので吸いよせられるように、思わず駅まで走って行った。それは、「はやとの風」という観光列車だった。改札口からみると、なかなかよさそう。今度、ぜひ乗ってみたい。鹿児島まで行くらしい。

説明がありました。

「観光特急『はやとの風』

九州新幹線開業と同時にデビューした観光特急『はやとの風』は、黒のボディーに金のエンブレムが特徴で、レトロで懐かしい感じのする列車です。車内は落ち着きのある木の内装と、温かみのある白熱球、木製の座席、そして最大の特徴は展望スペースがあることです。鹿児島中央駅〜吉松駅間を走っており、一度は乗ってみたいと思わせる列車です。」

うーん、なるほど。たしかに、一目見て、私も乗ってみたいと思った。今度、ぜひ乗ろう。

で、駅員さんにいろいろと質問した。ついでに、ここから肥薩《ひさつ》線で人吉市までの観光列車「しんぺい号、よさぶろう号」についても質問する。これは乗ったことがあるけど、また乗りたい。9時のに乗って、お昼を食べて、1時ので帰ってくればいいですよ、などと時刻表を書いた紙までいただく。

「じゃあ、はやとの風は、どういうふうな旅程がいいでしょうかね?」といきおい込んでたずねたら、「まず、しんぺい号に乗ってからにしなさい」と、にこりともせずにやさしく言われ、思わず友だちと笑う。そう、あせらないあせらない。

この吉松駅は、鹿児島県にあるのだが、宮崎県と熊本県に行く分かれ目になっていて、昔は多くの汽車が並び、その姿は壮観で、汽車好きにはたまらない駅だった。今でも、そのころの名残で、小さな列車博物館みたいなのがあったり、汽車が展示されていたりする。つかの間、鉄道マニアの気分でその辺を見て回る。不思議なもので、ずんずん鉄道マニア的気分が盛り上がっていく。土産などが売っている店で、桜島小みかんやチーズ饅頭を買い、売店のお姉さんに、「鉄道マニアの人たちって、独特のパワーを醸し出してますよね？」なんて言うと、「そうなんですよね〜」とうれしそう。

すると友だちが、「この近くの嘉例川《かれいがわ》駅って知ってる？」と聞く。そこは「はやとの風」も停車する有名な古い駅らしい。しみじみとしたたたずまいが、素晴らしいとのこと。ちょうど売店に写真があるとお姉さんが言うので、見せてもらう。「本当だ、いいねえ〜！」う〜ん、そこにも行ってみたい。新緑の綺麗な5月に、ぜひ。

人吉の温泉へアタック！　華まき温泉たから湯

温泉通によると、人吉にも素晴らしい温泉が多いそうだ。熊本県人吉市。高速ができてからは、かなり行きやすくなった。私が考えに考え抜いて選んだ、行きたい温泉は全部で10軒ほど。時間をかけて、ゆっくりとまわりたい。

くるみちゃんの運転で、まずは温泉通おすすめの「華まき温泉」へ。

「梅が咲いてるね〜」と言葉を交わしつつ、一気に高速で人吉まで。

とてもわかりにくい場所にあるということなので覚悟していたら、迷わずに着けた。山あいの川沿いの、のどかな一軒家だ。入り口のところでにんじんを売っていた。20本以上はいっていて、200円。ジュース用の甘いにんじんということなので、帰りに買うことにして、まずは温泉へ。開いたばかりでだれもいない。

ここは、細かい気泡がばーっとつくという炭酸水素塩の温泉。もわっと湯気がたちこめている。そう大きくはない石張りの浴槽（107）。ちょっとぬるめか。窓の外は今は葉のない木の枯れ姿、その向こうは山。のんびりとしている。腕をみると、気泡がついてる。この泡が、温泉マニア垂涎《すいぜん》の的だというが。そして、触ると、つるつるすべすべぬるぬるする。すごくつるつるしていて、やわらかい。温泉を飲むと、苦いような変わった味。

どうも……ぬるめというか、ぬるすぎる。今、2月だからだろうか、肩が寒い。長くつかっていてもあたたまる感じがしなくて、ほどほどで出る。あとでわかったのだが、ここは冬はぬるいんだって。だから誰もいなかったのかな。夏はよさそうだけど。

にんじんを買って（それほど甘くなかった）、パンフレットや案内をもらって次へ。車で走っていたら、古いお寺があったので、立ち寄る。「石水寺《せきすいじ》」。参道になっている川に渡された橋が急激な上がり下がりでおもしろい（108）。階段を上ったところに石が丸くくりぬかれて置いてあり、そこをくぐって中に入るようになっている（109）。樹齢300年のノカイドウの木が有名らしい。どれだったんだろう。

ちょろちょろっと見て、次の目的地「たから湯」へ。なんだかだんだんぼーっとなってきた。ぬる湯といえども、温泉だね、さすがに温泉成分が効くね〜といいつつ、ぼーっとしながら、到着。

大きな温泉ホテルの隣、小さい木造の感じのいい旅館（110）。立ち寄り湯できるかなあ〜？　と不安に思いながら建物に向かうと、2階の窓を開けている仲居さんと目が合う。

「お風呂、はいれますか？」

「いいですよ〜」

よかった。はいれるってよ〜とくるみちゃんに言って、旅館の中へ（111）。改装されたのか、和風のテイストをいかしつつ、きれいでしゃれている。ここは、よさそう。

お風呂は、玄関のすぐ前にあった。ちょっと驚きながらはいると、またびっくり！

ほとんどが木でできていて、階段をおりたところが浴槽で、それも木で、洗い場の床も木だ（112）。壁も木の引き戸みたいな感じ。いい感じ〜。いいところに来た。

他に人もいないし、静かにゆっくりとお湯につかる。やわらかいお湯。温度も熱すぎず、ぬるすぎず、ちょうどいい。味は、うっすら鉄の味がした。湯船から天井や壁や周りをあちこち眺め回す。古さを生かしつつ、新しく改装してある。洗い場の床が木、なんて初めて見た。木目が浮き出ていて、足ざわりもいい。夜中に入ったら、きっとしみじみしていいだろうなあ。着替える時も、湯気がぽかぽかでてる。

帰りにロビーなどをみせてもらったけど、そこもこじゃれてる（113）。今度一回、泊まりたい。お料理もおいしいだろう。

（泊まりました！　5月に友だちと。冬枯れていた玄関前の木々も5月は緑いっぱい（114）。よかったです。わずか6部屋しかない小規模の宿だけど、共有部分が広々としていて、木を多用していて、すみずみまで配慮が行き届いていて、静かで、細やかで、食事もおいしかったです（115〜118））

気に入りの温泉に出会えて、たいへん気分よくお昼へと向かう。お昼ごはんは、私の選んだ洋風レストラン。町中にあるので、駐車場に車を止めて歩く。すると……、本日定休日……。がっくり……。がっくりしながらも、陽気がいいので、そのあたりを散策する。どこか食べるところがあったら入ろうと思う。人吉市は城下町で、鍛冶《かじ》屋さんや酒蔵、醸造所などがある。鍛冶屋さん（119）の前に、鉄で作ったお雛様《ひなさま》（120）が飾ってあったので、ふむふむと眺める。もうすぐひなまつり。そういえば、人吉って、ひなまつりが観光の目玉のひとつだったな。お雛様がいたるところに飾ってあったような。

くるくる歩いたけど、これといって食べるところがみつからない。観光客に有名なうなぎ屋があったけど、うなぎを食べたい気分ではないということで却下。道端に、飲み屋みたいな店で、営業中の札があった。見ると、看板にチキンライスという文字が。チキンライスに目がない私はチキンライスの文字を見たら、もうとにかく吸い込まれていく。

ガラリと戸を開けた瞬間、大後悔。中は狭く薄暗く、奥半分は電気も消えてる。右手にカウンター、左に小上がり。天井に並ぶちょうちん。酒飲むところか。もちろんひとっこひとりいない。奥から、驚いたように店の女性が出てきた。急いでお茶を入れている。

小上がりにあがり、隅に重なっているざぶとんを2枚とって、1枚をくるみちゃんにわたす。古いテレビやラジオ、植木に造花。田舎の、人んちに来たみたい。掃除もあんまりしてないような。

私はチキンライス、くるみちゃんはそばを注文する。お茶を運んできてくれたけど、ものすごくのどが渇いていたので、すみません、温泉に入ってきてすごくのどが渇いているので、お水もいただけますか？　とお願いする。

出てきた水は強力なカルキの味がした。くるみちゃんは、そのカルキの味に、いったん手を止めてなにか言いたげにこっちを見ているが、私はものすごくのどがカラカラだったので、息を止めて一気に飲んだ。

そばがでてきた（121）。非常に素朴なそば。家で作るようなそばだ。麺は、スーパーで売ってるような麺だった。次は私のチキンライスか。ジュージュー炒めてる音が聞こえる。きました（122）。わ〜っ。添え物はたくあん。具は、かまぼことねぎだ。見た目も、かなり……。食べてみると、……。自分で作った方がおいしいと思う。これ、全部食べないといけないかな……と考える。チキンライスにねぎだよ。ねぎ。

たくあんは、ものすごくぬかみそ臭い。結局、半分食べて、のこりは入れ物をもらって持って帰ることにした。

そこを出て、駐車場まで歩く。かなりブルー。がっくりと肩を落とす。「いちばん入ってはいけない店に入ってしまった……」ごめんね、くるみちゃん。私がチキンライスという文字に誘われたばかりに……。

「元気がなくなったみたいだね」となぐさめてくれる。

「うん。そう……なんか、ものすごくパワーがダウンした。どこかで口直ししない？」

それで、そのへんを回ったら、モスバーガーがあったので、吸い寄せられるように入る。

「帰りに、子どもたちに買って帰ろう」

やまぶどうスカッシュとぜんざいを食べたら、機嫌が直った。くるみちゃんはブレンド。でも、この店、受付に女の子がひとり、厨房に男の子がひとりで、ものすごく時間がかかった。ドライブスルーは頻繁に来るし、気の毒なぐらいだ。あたふたしていて、ミスも多い。持ち帰りのフレッシュバーガーやスープを頼んだけど、その時も、チキンを入れ忘れたと言って、入り口のドアの外まで走って持ってきた。

「なんか今日、大変みたいですね」とねぎらったら、「そうなんです〜」と苦笑してた。「がんばってね」と励ます（あとで聞いたが、くるみちゃんが持ち帰り用に買ったハンバーガーの中身が違っていたのだそう。他の人のと入れ間違えたんだ）。

魚市場で巻き寿司も買う（それとモスバーガーので夕食にしたら、子どもたちは大喜び。ごちそうだ〜と言っていた。次はこれ買ってきてと、もらってきたメニュー表にふたりで頭を寄せ合って、まる印をつけていた）。

それから帰る。帰りの高速では、前方をおさるがゆっくりと横切って行った。

くるみ「発情期かな。おしりが赤いね」

私「そうなの？　もう、あったかいしね」

いい一日だった。

霊峰の湯紀乃島館

2月。確定申告の書類をだしに行ったついでに温泉に入ってきました。とある温泉好きおすすめの、源泉がドーッとあふれでているという温泉。小林市にある「紀乃島館」。宿泊もできるけっこう大きなところだ。パンフレットには、毎分1・5トンものかけ流しの天然温泉が自慢、と書いてある。

浴場も広い。だだっぴろい感じ。もわっとゆげが充満していて向こうが見えないほど（123）。換気扇がないのかな。薄黄色いにごり湯。お湯の出口を見ると、たしかに、ドバドバ噴水のように湧きでている（124）。そう熱くはないので、ゆっくりと長湯する人もいる。飲んでみると、すっぱい。炭酸水素塩泉。

外には露天風呂（125）。打たせ湯が2本落ちてきている。ちょっと肩にあててみたけど、いつものごとく、う〜ん、これのどこがいいのだろう……と思う。

露天の入り口近くの湯の出口をみると、温泉の堆積物でぶあつくコーティングされていて、すべすべの部分、でこぼこの部分、とげとげの部分などを、それぞれ顔を近づけて興味深くじっと見入る。色もあざやか。なんか、てらてらしてて、陶器の焼き物のふぐっぽい（12

6)。見飽きない。それからもう一度内湯にはいって、でる。広くて、お客さんも昼間からけっこういて、でもまた来たいという気持ちにはならなかった。

私はもっと、しみじみしたところが好き。でも、温泉の印象は、お客さんの数にもよるような気がする。ひとっこひとりいない温泉に静かに入るのがいちばん好き。どんなにいいところでも人が多いと落ち着けない。それだけで印象はぜんぜん違う。入ったその時に、どんな人がいたかによって、その温泉の印象は変わるから、本当に一期一会だと思う。初めて入ってよかったと思うところでも、2度目には条件もまた変わるから、同じようにいいとはかぎらない。だから、人と会う時のように、初めての温泉に入る時も、ちょっと緊張する。どんなかなあ〜って。

人吉・幽霊寺、堤温泉、武家屋敷

今日も人吉市へ。まずは幽霊の掛け軸で知られている永国寺。無料。門の前にある真新しい石像をくるみちゃんがさかんに気持ち悪がる。はだかの子どもが5人も取り囲んだりくっついていて、確かに気持ち悪かった。ぷくぷくとした石製の子どものおしりを触る。

お寺にはだれもいなくて、幽霊が出たという池の案内書きがあり、それにしたがって奥に進む。床の間の大きな木を掘り出した置物も不気味（127）。おやじ趣味というか。幽霊が出たという池には氷がはっていた（128）。寒い。木の床も冷たい。足から氷のような冷たさがあがってくる。本堂にある幽霊画は、入水自殺をした女性の幽霊を成仏させるために和尚《おしょう》が描いたといわれていて、和尚が幽霊に道理を説いてその幽霊画をみせたところ、幽霊はおのれの醜さに驚き、以後出没しなくなったという話。展示してあるのはそのレプリカだそう（129）。マジかよ。その掛け軸の前に置かれていた線香立ての灰がきれいでパチリ（130）。こういうものの方が幽霊より興味はありますね。線香の細い円柱が白い灰になって何百も何千も積み重なっているなんて。

外に出ると石でできた五重の塔が苔むしてたたずみ、かわいらしい（131）。これもいい。

無造作に石像の部品が積み上げられている一角にくるみちゃんはなぜか興味を感じたようで、あのほったらかしにされたような感じが好き、などとつぶやいている（132）。私ら、ふたりとも、なんか見ているところが……。

そこから歩いてすぐの堤温泉という大衆浴場へ向かう。焼酎蔵の隣だ。なかなかふるびた味のあるたたずまい（133、134）。いつも、どこも味ありだなあ、私の好きなのは。

中の番台に料金箱がすえられていて、大人200円を入れる（135）。広い脱衣所（1

36）から年季の入ったガラス戸を開けて3段ほど石段を下りると中央に石造りの湯船。冬だからか、ゆげがもうもうとたちこめていて（137、139）、窓いちめんに広がるゴムの木の葉っぱ（138）。わあ〜温室みたいだ〜。ドーッとお湯が出てくる方の熱めの浴槽と、そのお湯が注がれる浅くてぬるめの浴槽に分かれている。お湯はつるつるぬるぬるとしたやさしい感じ。幽霊寺の木の床で冷えた体がジンジンと音をたてるようにあたたまっていく。

あたたまって出ると道路をはさんですぐ前に旧武家屋敷というのがあったので、見学することにした。隣のお店で料金を払う。大人300円。説明をしてくださる男性の方がいらっしゃった。門は堀合門《ほりあいもん》といって、人吉城の門で、明治4年の廃藩置県でお城を取り壊す時に移築したものだそう。大きな一枚板のスギ材が使われていて、今ではもうなかなか作れないとのこと（140）。茅葺き屋根の屋敷は、西郷隆盛が西南の役の時に熊本から逃れてきた際に宿舎としたそうです（141）。さっきの幽霊寺を本陣にして。玄関のキジの剝製（142）をみて、くるみちゃんのじいちゃんを思い出し、「ほら」とひじでつつく。

いろりの煙でいぶされた自在鉤《かぎ》や竹の色つやのよさをうれしそうに自慢げに説明され、私たちも「ほお〜、きれいですね〜」と感に堪えぬ様子でうなずく（143）。そのおじさん、竹かごをぶらさげて色をつけたりしたのだそう。その竹かごも飾ってあった。

廊下の奥の戸の中に誘導され、裸電球をパチリとつけて、ここから屋根裏に登れます、帰りに電気を消してくださいねと言い置いて、あっさりと説明のおじさんは行ってしまったので、くるみちゃんと隠し部屋というその屋根裏に登る（１４４）。

それから下に降りて、縁側から庭を眺める。大きなしだれ梅があった。おもしろい形の巨大な石に自然な丸い穴があいていてそこに石が置かれていた。石好きの私はパチリ（１４５）。庭に出ると、池。石風呂もあった（１４６）。沸くまで5時間かかったそう。なかなかおもしろかった。説明を聞かなかったらなんともなかっただろうけど、説明を聞くといきなり歴史やロマンを感じる。帰りがけに見た五月荘という建物のたたずまいや色合いもよかった（１４７）。

霧の里

4月12日、快晴。どこに行っても誰も人を見ない日。春はみんな忙しいのかな。桜の花びらが地面に散っていた。新緑もきれい。

霧島温泉郷から栗野に行く途中の「霧の里」という温泉。ひとり５００円。だれもいない。ゆっくりと木の浴槽につかる（１４８）。のびのびと体をのばせた。外の露天風呂はぬるかったけど、眺めはいい（149）。湯上がりに飲んだブルーベリー酢ジュース150円。

嘉例川駅、ラムネ湯、waiwaiアトリエ

4月20日。吉松駅にふたたび行って、このあいだ撮れなかった展示された汽車を撮る（150）。真っ黒な石造りの倉庫（151）も重々しくいい感じで、これなんだろうとのぞきこむ。石炭置き場かなにかか。火気厳禁の表示あり。

それから、前に行きたいといってた鹿児島本線嘉例川駅へ。明治36年1月15日開業100年以上たった木造の駅（152）。無人駅。私たちの他にも駅を見に来てる人がちらほら。静かなたたずまいに、時が止まってるよう。しばらくホームのベンチで休む（153）。このベンチの木の板も長い間に角がまるく削れてしまったのだそう。

先日写真を撮れなかった「仙寿の里　ラムネ温泉」に再訪して写真を撮る（154）。新緑がきれいだった（155）。今日は蚊取り線香が数ヶ所でたかれている。ブヨも飛んでいる。刺されなかったけど、この温泉は刺激があるのかなんだか皮膚がかゆくなる。露天風呂はまだお湯が半分までしかたまっていなかった（156）。でも……この温泉、いいのかどうなのか、どうも本物感が感じられない。自然の素朴さは充分あるのだが。脱衣所も開放的

（157）。

時間つぶしに「まほろばの里」というところへ。安い陶器がいっぱい売ってて、ガラスのアクセサリーもあり、トンボ玉作りなど体験できる。中国系の焼き物の人形が忘れられたような片隅に飾ってあったので、フーンと思い、じっと見ていたら、くるみちゃんが「気持ち悪い〜」と言ったけど、私はちょっと興味があった。好きとまではいかなかったけど、興味が（158）。外にたぬきの置物がずらりと並んでいて、「これ嫌い」と言ったら、くるみちゃんも「私も嫌い」と言うので嫌いの記念にパチリ（159）。たぬきの置物とか好きな主人いるよね。店とかで。

このあとお昼ごはんを、霧島市の「waiwaiアトリエ」に食べに行く（160）。主婦の方たちが仲間でやってるというバイキングランチ。本当に一生懸命さが伝わってくる。1575円。野菜が多く、やさしい味で、とてもおいしい。和食や洋食などが週替わりで今日は和食の日。さわやかな風の吹くあたたかい日なので、外のテラスが気持ちいい（161）。山菜の天ぷらを目の前で揚げてくれたり（162）、おにぎりをにぎってくれたり（163）。竹の子のお吸い物やうどの酢みそ、ふきの煮たのなど季節の食材もいっぱい。デザートは、いちごのババロアとよもぎ団子だった（164）。食後にレモンを自分でしぼってレモネードを作ったけど（165）、はちみつが溶けなかった。最初に少量のお湯で溶かしてから、水と氷を入れればよかった〜。失敗。バイキングは落ち着かないので苦手なのだけど、今日はそれほど人も多くなく落ち着けた。ここって混む日はすごく混むので。混むんだったら来たくないので、今日はよかった。

道端や民家の庭にいろいろな花が咲いていて、この時期は景色が本当にきれいだ。

『ばらとおむつ』を読んでいるくるみちゃん。

くるみ「おにいさん、おもしろいね」

私「変わってるでしょ？」

くるみ「味があるよね」

そう……、あの本は「脳梗塞になった母の介護記録」と銘打ってあり、最初は本当にそのつもりだったのだけど、だんだん、うちがどんなに変人家系か、なんて歯に衣《きぬ》着せぬ会話を交わしあってるかという本になっちゃって、読んだ人がどういう感想を抱《いだ》くのか気になる。で、私の周りで唯一、普通の一般的な感性をもっていて、かつ信頼できる人物であるくるみちゃんの感想を、私はいつも特別に大切に、楽しみにしているのだった。

くるみ「うちの旦那も同じ病気をしたから照らし合わせながら読める箇所もあったし、同じような病気の人を元気づけるんじゃないかな。続きもぜひ書いてほしい〜」

私「うん。せっせ、いいキャラでしょう？」
くるみ「いいキャラだよ……。あんな人いないよ。またみきちゃん（私のこと）とも違うしね」
私「そうそう。ぜんぜん」
くるみ「これからのこともぜひ知りたい」
私「ふふふ。書く書く」

吉松〜人吉・しんぺい号、人吉温泉新温泉

ゴールデンウィーク真っ只中。その日、ふと思い立って、上の子とその友だち、下の子の3人を誘って近くの吉松駅から「しんぺい号」という観光列車に乗って人吉まで行くことにした。でも人が多いかも、席があるかな。14時48分発、しんぺい4号。吉松駅で指定席をたずねたら、ありました。よかった。けれどやはり賑わっている。子ども連れの家族や鉄道マニアなどで。私もなぜか、また鉄道マニアの気分になってあちこち写真に撮る。吉松駅の待合室には畳のコーナーがあった（166）。駅のホーム、売店もしみじみ（167）。しんぺい号のクラシックな内装（168）。中でも、二人用のシートがいい雰囲気（169）。

乗車時間1時間15分のこの区間は、「21ヶ所のトンネル、山肌をジグザクに走るスイッチバック、山をぐるっと一周しながら駆け上がるループ方式、当時の蒸気機関車で登れる最大勾配《こうばい》（1000メートル走って30メートル登る）の線路、途中の車窓は山あり谷あり、渓谷を見下ろす日本一の動く展望台といわれています。」と、列車内のパンフに書いてある。

見慣れた田園風景を通り山をどんどん登って、最初の駅は真幸《まさき》駅（170）。鉄道マニアがわらわらと下りて写真を撮る。私も撮る（171）。列車と鉄道マニアの写真を。だれが名づけたか、しあわせの鐘（172）。ここで行ったり来たりのスイッチバック。駅を出るときにホームで野菜などを売っていたおばちゃんたちが手を振ってくれた（173）。私の母も病気になる前はここでこのおばちゃんたちと野菜を売っていたそうだ。

ワンマン運転なので、スイッチバックの時は運転手さんが前に後ろに行ったり来たりしていた。そして、日本三大車窓と呼ばれるところで列車は一時停車してくれる（174）。この景色って今まで何度見たか。矢岳《やたけ》駅で降りて展示されたSLを見たり（175〜177）、顔ハメパネルの写真を撮った（178）。矢岳駅舎内（179）。出発の合図で走っていく乗客たち（180）。

そしてまた新緑の中を走る（181）。次の大畑《おこば》駅の駅舎には名刺がたくさん貼られていた（182、183）。丸い石づくりの倉庫（184）。私はいろいろと見て楽しいものがあるけど、子どもたちは車中、ずっとトランプをしていた（185）。

途中のトンネルで「ウィッシュ！　ウィッシュ！」というくしゃみを大声で間隔をあけて7〜8回続けてるおじさんがいて、みんなでちょっと笑った。トンネルアレルギーか？「ウィッシュ！　ってなにを望んでるんだろう？」とカーカの友だちに小声でささやく。

あっというまに人吉駅に着いた（186、187）。駅前の売店で駅弁を買う。栗めしが1個しかなかった。1時間ほど時間があったので、みんなお腹すいたと言うし、町を歩いたけど店はなく、そういえばこのへんに行きたかった温泉があったなと、その「新温泉」をめざす。あった。レトロな建物（188）。前には犬をかかえたお母様と娘さんらしき人が。この温泉の経営者らしい。「いま、やってますか？」と聞くと、やってるとのこと。「多いですか？　何人ぐらいはいってますか？」と聞くと、わざわざ見てきてくれた。3人。子どもたちに、はいる？　と聞いたらはいると言う。さくはいらない。でもタオルがないね、って言ったら、貸してあげますよって言ってくれたので、3人でさっとはいることにした。ひとり300円。中は広々して古いけど懐かしい感じ（189）。壁の広告も味がある（190）。常連さんが置いている洗面器が並んでいる。

浴場は、これぞレトロな大衆浴場！　薄い茶色で、色は鶴丸温泉のお湯と似ていた。ぬるめでやわらかいお湯。お湯の浴槽とその向かいに水の浴槽があった。写真は水の浴槽（19

1)。お湯の方は人がいたので撮れなかったけど、これと同じようなのが右にある。

出ると、さくが向かいの建物のぶどうのつるの下で所在なさげに地面に字を書いたりしていた（192）。石でアリを踏みつぶしたりもしていたと言う。それはやめた方がいいと言っといた。自分がそのアリだと想像してみてと。それから駅へむかう。鳥屋で鳥を見たりしながら。みんなお腹すいてるからどうしよう……と思っていたら、駅前にパン屋があった。ひとり2〜3個ずつ買ってあげる。それから駅前の店に鮎ずしが2個あったのでそれも買う（193、194）。駅の売店にあった焼酎の絵のせんべい（195）。

帰りの列車で食べようと思っていたら、なんと帰りは1両の普通の列車でしかもボックス席はふさがっていたので、両側に一列に並んでるシートに座った（196）。カーカたちは鮎ずしを食べている。小骨が多くて不評だった。ひれもそのまま ついてたから、それも食べてしまったようだ。そしてカーカたちはパンを2個ずつ、さくは3個、私は1個食べた。

列車が走り始めたら、隣に座っていた体格のいいおとなしそうな女性がスッと席を立ち、窓のそばに行った。車窓からの景色を静かに写真に撮っている。スイッチバックの時には、3〜4人の大人（私も含む）がわらわらと運転席周辺に集まり、邪魔にならないように前方や運転手を見ている（197）。鉄道マニアたちのマニアックなムードが気持ちいい。おのおのの心の中でひそかに熱くなってる感じの。みんな静かでうるさくないし。私は鉄道マニアと気が合うかも、と思った。互いに語り合うことはなくても。こんなふうに汽車が好きそうだなと、お互い離れて推し量るだけでいいのだ。

「運転中は運転手に話しかけないようにお願い致します」というプレートが2枚も貼ってある（198）。話しかける人が多かったんだな。わずらわしかったのかな。

列車に乗るのは、気持ちがいい。夕方、疲れたがさわやかな気分で帰途につく。私が用事を済ますあいだ、子どもたちは夕暮れの中でたらたらおしゃべりしていたけど、その様子が楽しそうだった（199）。

人吉の元湯温泉、人吉旅館、青井阿蘇神社

今日も人吉へ。ときどき予想外のところに連れて行かれるから、くるみちゃんは朝、私の服装を見てチェックするらしい。特に靴ね。きょうのくるみちゃんはヒールのあるサンダルなので、あとで大変だった。

私「子どもたち、どう？」

くるみちゃんの子ども3人のうち、長男は今年大学を卒業し長女は高校を卒業したが、どちらも就職してなくて今家にいるのだそう。

くるみ「あのまま」
私「ハハハ。きっと居心地がいいんだね。くるみちゃん、やさしいから」
くるみ「上のおにいちゃんは今仕事を探してるところだけど、娘はこのままかも。ダンスを教えに行ったり、ポーンと外に出てばっかり」
私「ボールみたいだね。おにいちゃんは何してるの？　家で」
くるみ「ずっとパソコンいじったり、とにかく家にいるのが好きだから。昼夜逆転してる。犬と寝てるから服に犬の毛がすごいよ」
私「でも3人ともいい子だよね。なんか感じがいい」
くるみ「あのね、あの本おもしろかったよ」
私「ばらおむ？」『ばらとおむつ』のこと。
くるみ「それに書いてあった詩の本。『やがて今も……』」
私「え？　買ったの？　わざわざ？」悪かったね。
くるみ「……おにいさん、島に行くのかどうか気になる」
私「そう。今度ね、下見に行こうとか言ってたけど。しげちゃんを連れて」
くるみ「でもすごいよね、男の人であそこまでお世話するなんて。パンツにうんちがって」
私「そうなんだよ。私なんかなんにもしてないのに。たまに温泉に泊まりに行くぐらいで。

でもあの親子はなんかあるんだよ。昔から妙なつながりが！」
くるみ「あとがきにおにいさん、いろいろ言いすぎたんじゃないかって気にしてたって書いてあったけど。大丈夫だよ。言いすぎじゃないよ。……でもしげちゃん、太ったね」
私「やっぱり？」
くるみ「食べさせる時に小鳥みたいにあーんって口あけて、そこに食べ物を入れるってとこ、笑ったよ」
私「そう。食べさせすぎなんだよ。でも最近はひとりで食べられるようになったみたい。たまにこぼして、せっせにあきれられてるけど。油断するとすぐこぼす、って」
くるみ「でも、みきちゃん、本当にすごいなあ、プロだなあって思っちゃう」
私「なにが？」
くるみ「私はふだんの話をいつも聞いてて知ってるでしょう？　それを、ああいうふうに、読み終わって変な気持ちもしないし、おもしろく書けるから、すごいなあって」
私「ああ〜、うん」
　結局、作家の作業というか、物を書いて公に発表するっていうことは、事実を私のフィルターを通して再構成して出すということなんだよね。素材は事実そのものなんだけど、それらをずらりとまっすぐ並べたり、ちょっとナナメに角度をつけたり、演出家が役者に形をつけるように、ある法則のもとに再構成して人に見せる。その再構成の仕方こそが作者や作品の個性なのだと思う。ふろしきだったら、その畳み方というか。そこに作者の味や色やクセ、工夫や才能やルールが現れて、その畳み方を人は好んだり、知りたがったりする。私はそれを本ごとに変えていて、この内容だったらこういう感じかなあと、それぞれちょっと違う畳み方してるなと思いながら作ってます。『ばらとおむつ』はかなり素に近いと思う。さすがにね、家族だから遠慮なく言えるので。他の人にはいえないことも言えるところがありがたい。ここまで言っても悪くとらない、関係が破綻《はたん》しないという安心があるから。

きょうの最初の目的地は人吉市役所前にある公衆浴場の元湯温泉。２００円。外観のレトロなたたずまいもいい感じ（２００）。以前「あきしげ湯」で温泉めぐりが好きという方が人吉の市役所の近くの銭湯にいいところがあるらしいと言っていたけど、たぶんここだろう。

花瓶のお花を運んでいたおばあさんや番台のおばちゃんもやさしい応対で気持ちいい。中にはいると開放的で明るい板の間の脱衣所（２０１）。その向こうにこれも明るい浴場に四角い湯船（２０２）。浴場から脱衣所を見たところ（２０３）。このへんの公衆浴場はこういうふうに脱衣所から3段ほど階段をおりて浴場というところが多いみたいだ。

まず脱衣所にあった昔懐かしい体重計に乗る（204）。キロとなん貫目っていう2種類の目盛りがついている。

浴場にはシャンプーやリンス、石けん類はなく、本当につかるだけというシンプルさ。それがまたごちゃごちゃしていなくていい（205）。いつも来ているというおばあさんがいろいろ話しかけてくれた。こっちの言葉はあんまりよくわからなかったけど、お湯を持って帰ってごはんを炊くといいよと言っていた。ごはんを炊けってどこでも言われるけど、そんなに変わるのだろうか。一度やってみたい。お湯は、湯の花がまじる無色透明、そしてすべすべ。ぬるぬる。人吉の泉質ってこういう泡がまといつくぬるぬるのお湯なのかな。とても肌触りがいい。やわらかくて。1～2人が入っては出ていくあいだ、私たちはゆっくりといろいろおしゃべりしながら長湯した。長く入っている時って気に入った時だ。体の使い方について話す。

私「無理はしないようにしようと思うよ。前に保育園に絵を描いた時、手が疲れてこれ（ガングリオン。右手を酷使しすぎて手首にぽこんとこぶ）ができちゃったでしょう？　気持ちではまだ続けられるのに体がついていかないんだってことがわかったから、あれ以来、もう無理はしないようにしようと思った。そういうことがあって注意する人はいいと思うんだけど、やめない人がいるじゃない。そういう人は危ないよね。自分の体と相談しながらやって

246

247

248

249

250

251

252

253

254

255

256

257

258

259

260

261

262

263

265

266

264

268

267

270

269

272

271

274

273

275

277

276

278

280

279

282

281

284

283

286

287

285

288

290

289

292

291

293

295

294

296

297

302

300

301

306

304

305

308

307

310

309

311

313

312

315

314

いかないとね」

体は物だから、機能があるし限界もある。そして必ずその機能が衰えて、死ぬ時がくる。できるだけ上手にそこまで持っていきたい。だましだまし様子をみながら。体とのつきあい方には各個人の考え方がでる。自分が自分の意思で食べたもの動かすこと考えることが体に直接影響するのだから、自分の体の責任は自分にある。生活習慣に原因のある病気はその人の心構えがあらわれたものだ。大事にしないものは失ってもしょうがないと思う。

汗がでてあたたまったので、のどが渇いた。脱衣所で涼みながら着替える。5月という気候もよく、風が気持ちいい。おばあさんがみんな上品だ。城下町だからだろうか。人の感じが違う。私たちが出る時に入って来られたおばあさんは、脱衣カゴに敷く新聞紙を持参していてそれを丁寧に底に敷いてらしたが、習慣になっているらしいその動作もきれいだった。くるみちゃんもその動作を見ていたらしい。あとで言ってた。

出てからそのまま、すぐ前の人吉城跡まで散歩する。石段を上りながらくるみちゃんが、ゴールデンウィーク中にちょっと頼まれて食べ物屋さんにお手伝いに行ったんだけど、今温泉でリラックスしたせいか腰が痛くなってきたという。温泉でほぐれたのか。

お客さんもいろいろで時々驚くほど変な人がいるという。注文してない余計なものが間違って出てきた時、それを訂正しないで食べ終わってから、注文してないのがきてたと文句言う人がいたって。これ頼んでませんって言わないとね。それを注文した他のテーブルの人も困るだろうに。

くるみ「ええーって、驚くような人がたまにいるよ」

私「そうそう。変な人っているんだよね。どう？　割合でいったら50人にひとりぐらいかな」

くるみ「もっとかも」

私「30人にひとり？」

くるみ「う～ん……」

私「そういえば子どもの頃、ひとクラスにひとりはいたよね、変な人。常識を知らないような、常識が通じないような」

でっかい杉の木立ちがすばらしい（206）。二の丸、本丸。上の方まで行って景色をながめる。くるみちゃんは高いヒールで気の毒。石段は丸い自然石で高さがそろってないのでかなり上りにくかった。

石段をおりて、風に吹かれる。いい気候の時でも、本当に気持ちのいい日は数日しかない。今日はその数少ない、いい日だ。人吉城址の石垣（207）。

さわやかな、すばらしくいい気持ちで次へ向かう。

球磨《くま》川沿いの人吉旅館（208）。昭和9年創業。ロビーの、あめ色に光る木の廊下やカウンターがどっしりと落ち着いた雰囲気（209）。古く素朴だけど清潔感あふれる感じ。韓国から嫁いでこられた女将《おかみ》自慢の韓国料理がいただけるというので、お昼に石焼ビビンバを予約しておいた。

通されたお部屋は1階。2階からは球磨川が望めるらしいけど、ここからは見えなかった。でも大きな木が見えて静かで落ち着いたしみじみとした部屋だ。女将があいさつにきてくださった。しばらく話をして、石焼ビビンバをいただく（210）。まずチヂミがでてきた。特製タレをかけて食べると、もちもちとした食感に、ねぎとえび、貝など魚介の香りがあふれ、おいしい。そのチヂミ数切れでなんだかお腹がいっぱいになってしまい、石焼ビビンバが食べきれないほど。石焼ビビンバの味はそんなに印象に残らなかったけど、なぜだろう。普通の味だったからか、お腹がいっぱいになったからかな。鳥の声を聞きながら静かな部屋で食事してしばらくゆっくりしたあとに、お風呂。そこまでの廊下も昔ながらの風情（211）。

お風呂の手前の休憩所と書いてある部屋をのぞいてみたら、若い男性がすわって煙草《たばこ》をすっていた。あ、と思い軽く会釈《えしやく》してひきかえし、となりの女風呂に入る。かすかに硫黄かなにかの匂いがする。脱衣所の奥にすりガラスの引き戸があって、なんとその向こうはさっきの休憩所だった。鍵もかかっていない。くるみちゃんが鍵をかけようとしたので、「そっと、気づかれないようにね」と声をかける。「なんで？」と言うので、「さっきの男の人が気を悪くするといけないから」。でもそのすりガラス、近づくと向こうから見えると思うんだけど、これって気にならないのかな旅館の人も客も。

風呂の引き戸を開けると、いきなりもわっとお湯の蒸気と湿気でむしむししている（212）。換気扇がきいていないようだ。お湯はやはりぬるぬるしている。湯船の中に木のベンチがしつらえてあり、そこに座るとちょうどいい。でもまわりを見わたすとかなり老朽化しているのがわかる。天井の一部がないし、パイプに錆《さび》もういてるし、つるつるしたお湯のせいかもしれないが、まわりがこうだと、湯船のぬめりもなんとなく気持ち悪い。女将も廊下までは目が届いてたけど、お風呂だけはもういいとあきらめたのか……。お風呂をもっと考えたらよさそう。くるみちゃんが風呂につかりながら「このあいだ、台所で上からなべのフタが落ちてきて頭に当たって頭が痛かったのが今日温泉に入って治ったみたい」と言う。それはよかった。なべのフタだって。マンガみたい。

ぬるめのお湯に、しばらくいたらかなりあたたまった。ロビーで涼んでから、旅館のすぐ前の青井阿蘇神社へ。はすの葉に赤い橋（２１３）。茅葺き屋根の桃山様式の楼門がどっしり構えてる（２１４）。四隅の軒下にとりつけられている白い神面（２１５）は珍しく、人吉様式と呼ばれているそう。御神木の楠《くすのき》（２１６）など、大きな木がたくさんあって、なかなか落ち着いた神社。けど隣の幼稚園の子どもの声が賑やかだった。お散歩の帰りだったのか小さな子どもたちの一行とすれちがう時に、保育士のおねえさんにうながされてみんな「こんにちはー、こんにちはー」とくちぐちに叫んでいたのがかわいかった。私もそれに答えて何度もあいさつをした。犬をつれてのんびり釣りをしているのかと思ったら弓を持っていたのだったという木像（２１７）や一円玉にデザインされているオガタマの木（２１８、２１９）を見てから、司馬遼太郎の『街道をゆく』に記されたこの神社についての文章が書かれた立て看板をふむふむと読む。「君が代」に出てくるさざれ石もあった（２２０）。さざれ石って、イメージでは5色のきれいな石なのかと思ってたら、小石が石灰でくっついた灰色の汚いかたまりだった。

真幸駅

先日しんぺい号がとまった真幸駅は実は家から車で10分ほどのところにある。

パンフレットに「昭和47年に大雨のため山津波が発生し、駅全体が土砂に埋まってしまいました。そのときの土石流によって山から流れてきた石がホームの上にある重さ約8トンの石です。当時の山津波のすごさを知ることができます」と書いてあるのを帰ってから見つけて、その石をがぜん見たくなって今日ひとりで行ってきた。

無人駅だが、きれいに手入れされている古い木造の駅舎。ホームに上がると、ありました。大きな石が白い柵に囲まれて（221）。この柵はいらないんじゃないか。山津波記念石と書いてある。この山津波のことは覚えている。死者もでて、すごかった。私が小6の時だ。

石の上に小さな松の木が2本生えている。こんなところにも次の世代の命は芽ばえてる（222）。時は過ぎて、時代はバトンタッチされていき、やがて星はいつか眠りに落ちるか……。

この駅でスイッチバックするので、ホームの線路は行き止まり。行き止まった先には草が勢いよく生い茂っていた。

このあと、帰ろうとしたら棚田百選という看板があったので、見てみようかとそちらへ向かったら、どんどん山の中に入っていって道は細くなるし怖くなったので途中で断念する。

新湯温泉、ドッグカフェ、霧島神宮、湯之谷山荘ふたたび

秘湯の新湯温泉「新燃荘」の写真を撮らなかったので、5月中旬にもう一度行く（223）。今回は初めて露天風呂にも挑戦するという意気込み。やはりこの温泉は記録しないとと思い。男女混浴でいつもおじいさんたちが数人入っていて、今まではまったく入る気はなかったけど、今回は入ってみます。

硫黄の匂いがもわもわとたちこめる湯治湯。

ガラガラと料金所の引き戸を開けると、今日は登山の格好をしていなかったのでそのまま何もとがめられずに、靴を脱いであがり、おばちゃんに料金を支払う。ひとり500円。靴をはいて温泉への階段を下りる。真っ白な露天風呂が見えた。だれかいるかな。すると、若い男の人が入っていた。先に内風呂に入ろう。そのあいだにでるかもしれないし。

「おじいさんだったらいいけど、若い人だとちょっと抵抗があるよね」

内風呂はあいかわらず豪快（224）。お湯の出口は湯の花で黄色くコーティングされ、まるでペンキを塗ったよう。上を見上げると、屋根は木に波状のプラスチック板を打ち付けているだけだ。夜は壁の小さな電球だけなのだろう。秘湯ムード満点。夜もよさそう。硫化

水素がたちこめて過去に死者まででたという。私も入湯後、苦しくなりしばらく起き上がれなかったことがあるしね。30分以上は入らないようにという貼り紙が何枚も貼られている(225)。それほどのゴッツリとした強い、まるで火口の中にでもつかっているような温泉だ。マグマっぽい泥臭さ。荒々しい硫黄の原液という感じ。

貼り紙を読むとおもしろかった。

「貴重品は盗られる前にフロントへお預けください。　泉主」

いるんだね、泥棒。

「乳白色の当温泉に入浴すると摩訶不思議。心身の疲れが一瞬に消え肌ざわりが神秘的悦楽(感覚が満足して心身ともに楽しむ境地)に達するからであります。

毎週土曜・日曜・祝日は三、四百名、平日も百二、三十名の入浴者の皆さん、体験の通りです。これも大学の先生の説明によれば当硫化水素泉に入浴すると全身の毛細血管が拡張し血流がすむうずに全身を流れて新陳代謝するからだそうです。数多くの入浴者が温泉をほめて下さいますが、文章となると大変難しいです。　平成十五年十月吉日　泉主」

ほんとに。

「お客様にお願いします。

一、露天風呂には監視人がおりませんので必ず二人以上連立って入浴してください。

一、小学生以下は必ず親又は責任者が付添って入浴して下さい。
一、子供だけの入浴は禁止します。
一、万一事故の場合は、当泉は責任は負いません。
一、責任を問う方は理由の如何を問わず入浴をお断り致します。
一、念のため申し添えます。

平成元年七月二十三日　　泉主」

死者もでたしね。なんども書いとかないとね。

内湯の写真を撮って、もうだれもいないかなあと窓からそっとのぞいたら、露天風呂の正面に頭がつるつるのおじいさんが背すじをのばしてつかっているだけみたい。行ってみようと、くるみちゃんに声をかけて、露天風呂用に体に巻くようにかけてあったバスタオルを（226）1枚借りて、巻いて出る。入ろうとしたら左手にさっきの若い男がまだいた。あ、と思ったけどまあいいかと足を踏み入れたら、その男がやにわに足を広げたまま湯から出てふちに腰かけた。視界の片すみに男のちんちんが！　はっきりとはもちろん見なかったが、確かにその男は私らに堂々と見せている。そっちの方は見ないようにして、くるみちゃんに手を振って写真を撮ってもらう。左右の端におじいさんと男がいるので、緊張しつつ真ん中でにっこり（227）。撮り終えて出る時、どうも～とおじいさんと男に頭を下げたら、男が「おふたりの写真を撮らなくていいですか？」などと言うので、「いえ、いいです〜」とにこやかに挨拶して出る。
　さて、バスタオルをしぼって干して、また内風呂に帰って、くるみちゃんと語る。
私「あの男の人、見えてなかった？」
くるみ「見えてた」
私「やっぱり？」
くるみ「見ないようにしたけど」
私「あれって、おおらかってこと？　それとも露出狂の変態？」
くるみ「どうだろう」
私「でも、いくら自分は自然派でおおらかでも、相手に気を遣ってふつう隠すよね。私たちが行ったら、それまで湯の中に入ってたのに、上にあがったんだよ。変だよね」
くるみ「うん」
私「見たくもないもの見せられちゃって、嫌だ」
くるみ「嫌だよ」
私「やっぱり変態かも。まだ若かったよね」
くるみ「若かった。20代後半……」

私「感じよかったのにね。写真撮りましょうかなんて。顔もちょっとカッコよかったし……、でもあれはちょっと。あそこまで足開いて見せっぱなしって変だよ、やっぱり」

などとこそこそ話してたら、相当あたたまったので、出る。

着替えて外に出たら、もうだれもいなかったので露天風呂の全景写真などを撮る（228）。そして帰ろうとしたら、またさっきの若い男がまたまたフルチンで通路を急いで走ってくるではないか。もう！　でも大人なので、軽く会釈をして通りすぎる。やだなあ、アイツ〜。声を聞いてまた見せようと思ってあわてて脱衣所から飛び出してきたか！

硫黄の匂いが染みついて、車の中も腕も硫黄がぷんぷん匂う。なにしろあの温泉のお湯にタオルをひとたびつけると、何度洗濯しても硫黄の匂いがとれず、そのタオルを捨ててしまったこともあった。体からも数日は硫黄の匂いが抜けない（今回も私は1週間たっても硫黄の匂いが抜けなかった。毎日お風呂にはいってるのに。体に染みこんでるのかな。さすが水虫、皮膚病の特効湯。他に類を見ないほどの強力な硫化水素が皮膚病などに目覚ましい効能を発揮するって書いてあった。皮膚病の人専用の浴槽もあった。適応症……水虫、田虫、湿《しっ》疹《しん》、ジンマシン、ニキビ、老若問わず顔面脂肪消失後化粧ののりがよくなる、などなど……。難病を治すと評判で、遠くからも来るらしい……。はっ、……もしかしてあの男！　インキンタムシの治療に来たんじゃないだろうか？　もしかして！　だからあんなに足を広げて……ギャーッ！　同じ風呂に入っちゃった）。

次は高千穂河原《たかちほがわら》へ。なぜここへ行くかというと、実は私たちはおととし、この本の最初に書いてるけど、ずいぶんこの霧島連山のハイキングに熱心だった。そしていろんなルートを数回登ったあと、もう疲れてしまい、もう充分という気持ちになり、それ以来ぱったりと登らなくなった。もう登る気はないし、あの頃はよくやったねという感じだった。でも、きのうの夜、また登ろうかとふと思ったのだ。それでこの本の最後を締めるのがいいんじゃないかと。ルートは、霧島縦走コースという大物。5時間くらいかけて、韓国岳から高千穂河原までの11キロを歩く。それは普段運動していない私には、たいへんな頑張りだ。

でもやってみたい。そう思って、くるみちゃんに今朝会った時に提案したのです。

私「あのさあ、こんど霧島縦断に挑戦してみない？」

くるみ「ええーっ」

私「最後の締めにいいんじゃないかと思い立ったんだけど」

くるみ「いいよ～」くるみちゃんは、けしてＮＯとは言わない。

私「ゆっくり登ろうよ」

くるみ「そうだね」

私「がんばろうよ」

くるみ「うん。トレッキングシューズ、ひさしぶりの出番だ」

くるみちゃんも一緒にやってくれるというし、それで縦走するにあたっての移動の手段であるバスの時間を知りたくて行くのです。車を終点において、出発地点まで移動しなくちゃいけないので。実はこの縦走コースよりももっと大物がいて、それは霧島完全縦走コースといわれ、9時間はかかる。それは縦走コースプラス高千穂峰《たかちほのみね》という山を登るコース。この山は怖い。遠足で登ったことがあるけど、人が歩くたびにがれきが上からごろごろ落ちてくる。足はずるずるすべるし。馬の背越えという左右が深い谷になっている細い尾根を渡る時は、強風が吹いたら飛ばされて落ちて死ぬんじゃないかと思う。まあ、その山は気がむいたら次の機会に単独で登ることにして、今回の挑戦は縦走コース。それでも、考えただけで緊張で息が詰まる。

途中の湧き水のところで水を飲む。今日もいました。水を大量にポリタンクに入れていく人（229）。高千穂河原というのは、高千穂峰などの登山口で売店などの施設もある。ツツジの向こうに高千穂峰が見える（230）。

サービスセンターにバスの時刻が書かれたチラシがあった。5月中は毎日運行されるとのこと。それ以外は土日だけ。5～6月はミヤマキリシマというツツジが咲くので、トレッキングする人が多いのだろうが、なぜ5月だけ？　あ、6月は梅雨で雨が多いからかな。ほしかった情報を手に入れ、次はお昼ごはん。

新緑のトンネルの下をドライブして、古民家ドッグカフェ「コカプー」へ（231）。先日お昼のおそばを「がまこう庵」という自然派のおそば屋へ食べに行ったら、その仲間だと思うけど、となりの古民家を改造してカフェを金土日だけやってるということを知ったので行ってみようということに。石窯ピザやタイカレーがあるらしい。その時ちらっとのぞいてみたら、犬と一緒に食べられるテラスもあり、大きな黒いプードルと黒いラブラドールがいた。今日もいるでしょうか。

いました。なんかかわいい。私たちは中の座敷（232〜234）に席をとったが、テラスにお昼寝中の黒ラブちゃん（235）と、外の緑色のいちょう形のソファには黒プーちゃん（236）。介護犬だそう。だからすごくおとなしく、私と一緒に写真を撮られてくれた（237）。おりこうな感じが漂っている。いちょう形のソファと黒プーちゃんのまったりとした様子は味があり、見ているだけでほのぼの気分。カレーとピザを注文して、売り物の陶器などを見たり雑誌を見たりして待つ。

きました（238）。ピザの薄い生地が食べやすく、タイカレーも私の好きな味で、コーヒーも苦くなくてよかった。外にはビオトープもあり、電気は風力発電、浄化槽はなんだったかこれも自然っぽい。とにかくそういうエコなとこ。帰りに布製買い物バッグを購入。

それから、霧島神宮へ行く。神社やお寺にはそれほど興味はないけど。

霧島神宮は綺麗にお化粧してきちんと身づくろいした若い女の人みたい。深い森と大きな木に囲まれてそこだけ、小さいけれど華やかさを感じる（239）。杉の大きなご神木があった（240）。また、ここにもさざれ石が展示されていた（241、242）。灰色で。どこにでもあるなあ……。そしてここでも石の竜の口から水がでてた（243）。苔の服を着てるみたいだ。

お守りなどをちらっと見て帰る。私はお守りやおみくじは買わない。お守り、いらないし。なにから守るというんだろう、この神社のお守りで。あえていうなら、自分がお守りだ。あるいは、あなたがお守りだ。もしくは、お守り以外のすべてがお守りのお守りだ。かわいらしい思いやりの表現としてのお守りのプレゼントは、それはそれで否定はしないけど。本心はそういう気持ちだ。田の神や牛舞いの飾り物がかわいらしい（244）。めしげくんだって。しゃもじを持ってる（245）。入り口近くの木の枝の上には、人々が置いていった一円玉や五円玉がてんてんと等間隔に（246）。どこにでも置くなあ……。

参道の見晴らしのいい場所に狂言の舞台がしつらえてあった。背景は空と大木。明日催されるようだ。こんな自然の中の舞台で踊りを見たら、さぞかしいいんだろうなあと思う。土産物屋で紫芋のきれいな紫色のせんべいを見てから、鉾餅《ほこもち》という餅を試食して買う（247）。やわらかい餅にシナモンがたくさんまぶされていて、シナモン好きな私にはよかったけど、くるみちゃんは嫌いと言っていた。

それから「湯之谷山荘」へ。以前に来て、しみじみとした渋さがすごく好きだったので再訪する。春に一回来たけど長期お休み中だったのだ。湧き水（248）を飲んでから玄関（249）に入る。

脱衣所はこぢんまりとしている（250）。そして以前にはガラス戸だった風呂の戸が板になっていて、そこを開けてはいってびっくり。なんと改装されているではないか（251）。あの情緒たっぷり秘湯ムードたっぷりの湯船（写真17の）が、真新しいぴかぴかの木に変わっている。目をぱちぱちしながら入ると、だんだんにどこがどう変わったのか見えてきた。シャワー用の小部屋が別にできていて便利だ。熱い湯と冷たい湯のあいだにそれらを混ぜたぬるい湯船ができている。そしてそこがちょうどいい。常連さんらしきおばあさんがおふたりいらして、その方たちと話をしたら、常連さんたちには評判がいいようだった。情緒は薄れたけど、木の色はそのうち落ち着くだろう。今までは熱い湯はちょっと熱すぎて、冷たい方は狭いので、入るのに並んで待たなければならなかったけど、ぬるい湯ができたおかげで座って待たずにすむので、確かに使いやすくなっている。いい。私はそのぬるい湯が気に入って、そこにずっといた。立ち寄り湯は9時から3時までと時間が短い。もうすぐ3時なので、くるみちゃんにもうでようかと声をかけられたけど、3時までいようと思い、首をふる。そんな私を見てくるみちゃんも驚いていた。それほど気に入ったということが。だって、ぬるい湯にねころんで縁の木枠に首の凝ったところをあてて首を左右にふるとちょうどいいマッサージになるのだ。マンガ本を何冊も積み上げてずっと入りながら読んでいる人もいたと常連さんが言っていた。天井が高くすっきりとしてて湯気がこもっていないので、それができるんだろう。

ぎりぎりまでいて脱衣所にでたら、従業員の女性がもう出たか見に来た。それから着替えて外に出て「男風呂も同じように改装されたのかなあ？」なんて話していたら、その女性が「同じですよ」と言って見せてくれたが、どうもその対応、受け答えが親切じゃなく気にさわる感じだった。くるみちゃんも気になったようで、帰りに「あの従業員の人、態度がよくなかったね」と言う。私もそう思ったと答える。

私「あそこの温泉って、お風呂がいいからすごくいいと思うんだけど、なんか経営能力はない気がする。なんか泊まりたいって思わないよね」

くるみ「思わない」

私「小綺麗にしたらすごくいいのにね」

でもお湯はいいです、ホント。ゆっくりじっくりのんびり、入りたいお風呂です。

帰りはすっかり口数が少なくなりました。ぼんやりとしてしまって。そして、いつまでも硫黄の匂いがぷんぷんぷんしていました。

（このあと、冬の1月下旬にまた再訪。すると団体さんがいっぱいいた。聞けば関西から湯めぐりツアーでいらしたのだそう。このあと新湯温泉へ向かうらしい。団体さんが30分ずつ2回に分かれて入って、ちょうど出る頃だった。そんな大勢が入った後だったので、湯が疲れていたという印象。入ると常連さんらしきおばあさんたちがいて、わたしたちを含めて8人。お湯の温度は冬だからか低くなっていて、いちばん熱かった湯船がちょうどいい感じ。それ以外はちょっとぬるい。このあいだ来た時には改装したばっかりで真っ白でピカピカだった床もいい具合にあめ色になっている。全員がひとつの湯船にがっしりとつかっていて、その様子はおさるが湯浴みをしているよう。おしゃべりしながら。1時間ほどいて出たけど、人が多かったのでなんだか落ち着けなかった。やはり、いい時と悪い時の両方を知って感想を持つべきだと思った。温泉は貸切がいちばんいい。誰もいない時と人が多い時ではいろいろなことが違うし、人でもいい人と嫌な人がいる。1回よくても、次もいいとは限らない。温泉も料理屋と同じで一期一会だとまた思ったな。でもほんわかあたたまりました)

「観光温泉」とひょうたん温泉、肉

この正面からの写真は以前に、家の近くの古びた温泉の前の黄色い花が綺麗だなと思って撮ったもの(252)。せっかくだからここにも入ってみようと、今日行ってきました。タイル張りのレトロな入り口(253)。さびれた静かな町に昔からある公衆浴場。子どもの頃に入った記憶がある。この町の温泉は温度が高くて熱いぐらいなので、ここも熱いのだろうか。だれもいなそうな昼1時に行った。入り口わきの小窓でこんにちは~と言うと、おばあさんが出てきた。300円と書いてあったので300円置いたら、ちょっとまってくださいと言うので、あれ? なんだろうと思ったら、50円おつりをくれた。250円でいいんですか? と聞いたら、はい、って。なんかやさしい感じに。

そして入ってみると、だれもいない。脱衣所は古いながらもこざっぱりと掃除されている(254)。石組みのかわいらしい温泉だ(255、256)。だいぶぼろぼろだけど。お湯はたしかに熱め。でも私は入れる。色は透明で海苔《のり》みたいな黒い湯の花がひらひらまざってる。肌触りはすこしつるつるする。人がいないので、ゆっくりと入れた。いろいろぼんやり考えごとをしながら、熱くなったら足だけ湯につけたりして。開け放された窓から風が通って気持ちがよかった。そこにタオルを置き忘れた。

そして思い出の温泉がもうひとつ。ひょうたん形の浴槽の「ひさご温泉」（257）。もう何十年も行ってなかったら、「おとめがわ温泉」という名前に変わっていた。散歩の途中、中をみせてもらったら昔と同じひょうたん形だったので懐かしく、日を改めて入りに行った。250円。午後4時すぎに行ったら誰もいなかった。本当にこぢんまりとしている。お湯の温度は思ったほど熱すぎず、ちょうどよく、浴槽に肩まで入り、端の窓から空を見上げてほっとくつろぐ。

そして、ぜひとも書いておきたいものが、あとひとつ。それは同じ町にある「十兵衛の湯」というわりと普通の温泉なのだが、私が目をうばわれたのはその浴場の床に張られた石だ（258〜261）。肉そっくり。真っ白い脂のさしがこってりとはいった鮮やかな肉。高そうな、やわらかそうな、おいしそうな肉。ジュージュー。焼肉のたれにつけて、一枚、また一枚と、味わいたい。大きな肉の石が足元に埋めこまれている温泉。お腹すいたらここにこよう。見るだけだけど。あ、上に乗ることもできます。

霧島縦走コース

ついにこの日がやってきました。

5月21日　月曜日。天気予報をじっくりと見続けて、この日しかないと判断したのです。21日に登るよと、おとといの夜くるみちゃんにメールした。それを読んで、腹をくったとあとで言っていた。

7時半に家を出発。焼きおにぎりを作り、3個リュックに入れた。まず、縦走コースの到着地点、高千穂河原へ車を置きに行く。はやる気持ちを抑えつつ、快適にドライブ。

おお！　道路の向こうにこれから登る山が青々と見えているではないか（262）。シカものんびり歩いていた（263）。トレッキングの人たちはシカを見慣れているので見向きもしない。そういえばこのあいだ行った新湯温泉のあたりがちょうどツツジの見ごろだと思い、外の写真だけ撮りに立ち寄る。案の定、とてもきれいだった（264）。それから途中の水場で、持ってきたカラのペットボトルに水を入れる。走る車の前をトットットッと茶色い鳥が横切って行った。

くるみ「きじだよ。メスだね」

私「へえー」さすが詳しい。

駐車場に車を止めて、8時37分のバスに乗るために前のバス停へと移動。トレッキングの服装の人がたくさんいたので、「いい席とられる〜」と言いながらくるみちゃんをせかしたら、10人ほどしか乗っていなくて「どこがいい席？」なんて笑われる。

「私たち、チェックのシャツも着てないしダメだね」

みんな装備バッチリ。そしてだれもがチェックのシャツ。

韓国岳登山口のあるえびの高原へと向かう。9時すぎに到着。そのまま前のおみやげ屋さんへスーッと入って、なぜかじっくりみやげ物をながめる。屋久島の屋久杉で作った木の置物なんかある。あめ色につやつや光るくまやふくろうやエビス様などの定番が並ぶ中、素朴な犬がポツンとあって、興味を惹かれる（265）。屋久杉、犬置物、1万8000円だって。欲しいぐらい。右のエビス様は3万円。う〜ん。かわいいなあ、犬。なんでこれ、作ったんだろう（今、写真を見れば見るほどかわいく思える。買えばよかった）。

さあ、出発だ。9時12分、登山開始。

登山口の賽の河原に着いたら、そこで体操しようね。ストレッチ。体が堅くなってるからさ。登山ルートまで、灌木《かんぼく》の間のアスファルト遊歩道を歩く（266）。そこでもうすでに息が切れる。いつも最初の15分ぐらいがいちばん苦しい。それを過ぎると慣れてきて、楽になるんだけど。空には雲が多くなってきた。けれどそれぐらいが暑くなくて、直射日光があたらなくていい（267）。霧島縦走線という立て看板があった（268）。ここを右だ。
しばらくどんどん登っていく。あ、体操するの忘れた。忘れたね、と言って、登りながらストレッチしようよと、足をくるくるちょっとだけ回しながら数歩登る。さっきの看板のところでするはずだったのに。
うぐいすの鳴き声を聞きながら、黙々と歩く。
私「うぐいすだね」
くるみ「もう家で聞き飽きてる」
私「家で飼ってるんだっけ」
くるみ「うん」
私「私のうちの庭にもよく飛んで来るよ。家に何羽いるの？」
くるみ「うぐいすは1羽。他の種類のが4羽。ヒナが2羽」
私「とりもちでとるんだっけ？」
くるみ「うん。旦那が朝早く、河原に行って捕まえてくるの」
私「ヒナはとりもちじゃないよね」
くるみ「うん。ヒナは巣をみつけて、親鳥がエサをとりに行ってる間にもってくるの」

私「ヒナ、どう？」

くるみ「息子ね、最初は、口あけてるよって、ほらほら口あけてるよって、ヒナをめずらしそう〜に見てたけど、2〜3日で飽きてた。口が顔の半分以上あるよ」

すごく高齢のおじいちゃんがすっすっと抜いて行った。挨拶をする。

だんだん体が熱くなる。「熱いということは、今、脂肪が燃焼してるんだよね」

途中、見晴らしのいいところから周りの景色を眺める。青い不動池が見える（269）。

「見る場所によって、こんなにも見え方が違うんだね。手前のあの岩山、あそこにいた時は、どんなにすごい山かと思ってたけど、今見たらちっちゃくてなんてことないね」

地面にハチがいて、足に花粉をくっつけすぎて重くなったようで、飛べなくなって歩いている。新緑がきれいだ（270）。石がごろごろした道を登る（271）。ふりかえると甑岳《こしきだけ》が台形に見えた（272）。足元を見るとハルリンドウがそこここに咲いている（273）。きれいだ。

5合目、10時20分。

7合目、さっき追い越していったおじいちゃんが帰って来た。「あ、さっきの……。もう？」と言葉にならない言葉を顔で交わす。慣れてらっしゃる方のようだった。頂上に近くなり、強風で木が斜めになっている（274）。やがて赤土の地面にでた（275）。ここまでくるともうすぐ。

　頂上到着、11時3分。気持ちのいいさわやかな温度。夫婦でトレッキングしている人が多い。前に一周した大浪池が眼下に見える（276）。そして視線を左に移すとこれから行く山々と、そのむこうに尖《とが》った高千穂峰（277）。ここまで、あまりキツイと感じなかった。不思議だねとふたりで言い合う。2年前に登ったときはもっと苦しかったような気がするけど、もうわかっているので楽に感じるのかな。くるみちゃんが岩から火口を見下ろしている（278）。火口はこういうふうにすり鉢状で、水はない（279）。岩肌に黄色いヒカゲツツジが咲いていてきれいだった（280）。高い山の上で、そのやさしいクリーム色はとても繊細に思えた。韓国岳頂上で記念写真を撮る（281）。6月にミヤマキリシマというツツジが咲くが、いまはそのつぼみがいっぱいついた木がひくく広がっている。咲けばさぞかし壮観だろうな。

　ここから獅子戸岳《ししどだけ》まで2・9キロ。初めて歩くルートだ。この木々の下にもぐる（282）。ずっと下り続きでひざががくがくする。木の中に入ると見晴らしもよくないし、先が遠く感じる。カリカリ梅をもらって食べる。杖は必須だな。あまりのつらさに、うしろ向きに下りる。よいしょ、よいしょ。

くるみ「足が悪い人はうしろからが楽なんだって、うちの旦那も階段をうしろから下りてるよ」
私「やっぱり？　うしろからが楽だよ」ホント。あんまりはできないけど、ところどころうしろから。
ミヤマキリシマが左右から壁みたいになってる細いすき間を通る（283）。ここもきれいだろうな。花が咲くと。左右から枝がのびていて、どんどん体にぶち当たる。長袖《ながそで》じゃないとキズつくほど。すれ違う人が来たら、どちらかが途中の広くなってるすき間で待機しないとすれ違えない。「長袖着ないと痛いよ～」とおばちゃんに声をかけられているくるみちゃん。
私「持ってるの見えてるんだから、痛かったら言われなくても着るよね」パーカーを腰に巻いてるのだ。
くるみ「うん。私、小さいからぶつからないもん」
私「小さいよね。何センチ？」
くるみ「１４９ぐらい。１５０って言ってる。……足は21・５」
私「21・5？　小さいね。靴、あるの？」
くるみ「ない。この靴も大きいよ。２センチも。中で泳いでるもん。靴をさがすのが大変」
見上げるとミツバツツジのあざやかな紅色が黄緑色の葉っぱの中にばらまかれてきれい

（284）。細い枝の緑の林を通って（285）、どんどん黙々と歩いてたら、
くるみ「たまにはうしろも見て！」

見ると、きれいな新緑（286）。なんてきれいなんだろう。12時50分、獅子戸岳山頂手前の岩場でお昼（287）。この新緑、今日の好きなポイントその1（288）。

1時7分出発。犬の話になる。くるみちゃんちのキャバリア、「何歳？」「9歳」「どんな感じ？」「もういるのが普通って感じ。家族みたい」「ふうん」

私「夫婦で登山してる人、多いね。共通の趣味っていいね。くるみちゃんもやったら？ 近い山で」

くるみ「もう夫婦って感じじゃないよ、うちは。犬の方がまだ、癒されるだけいいかも〜」

私「ハハハ。へえー。私は人と一緒に住むのが嫌だから、夫婦に憧れないけどね、もう」

足元にいろいろな花が咲いている。青いヒメハギ（289）。白く可憐なマイヅルソウ（290）。なんだろうか、白くて真ん中が赤い花（291）。獅子戸岳の頂上で記念写真（292）。

獅子戸岳から下りるとき、右手に顔みたいな岩があった（293）。

「見て。横顔だ。名まえ、つけようか。外人みたいだね。外人といえば、ジョー。シシド岳だから……シシド・ジョーだね」

しばらく下ってから見ると、岩の鼻が獅子鼻になっている、もうしばらく下ると、もう全然違って見える。

くるみ「見る角度によって見え方がちがう〜」と驚いている。

ミツバツツジで薄赤く色づいてる山の斜面の向こうに高千穂峰がだんだん大きく見えてきた（294）。

「さっきの韓国岳から下りてくるところは景色がよくなかったから苦しかったけど、景色がよかったら苦しくないね。それに、一回目はまわりを見る余裕がなかったけど、今回は余裕がでてきたせいか、まわりも見えて気持ちいいね。慣れたら、かつて苦しかったとこでも、楽しめるようになるのかもね」

山登りのことを話しながら、私は人生もそうなんだろうなあと思った。景色がよければ、苦しさも紛れる。初めてのことは苦しいけど、2回目はそれほど苦しくない。慣れたら楽しめるようになる……。

獅子戸岳から下りてまた新燃岳へと登る底辺のあたり、新湯分岐というところにミツバツツジが多く咲き、トンネルのようになることで有名。そのミツバツツジの小トンネル（295）を抜けながら新燃岳に到着。ここでまた景色が変わる。岩と泥だけの殺伐とした火口の底に、あざやかなエメラルドグリーンの火口湖（296）。火口のふちをぐるりとまわる最高に気持ちいいルート（297）。でも風が強かったら大変かも。

広がる空と雲！　今日の好きなポイントその2だ！（298）。

荒涼として、けれど明るい稜線《りょうせん》をたどりながら、

くるみ「どうして登山の人ってグッズに凝るんだろうか」

私「楽しいんだよ」

くるみ「すごく歩きやすそうなトレッキングパンツをみんなはいてるんだけど……」

私「私もほしいな。やっぱり伸び縮みするのがいいよね、そしてポケットがついてるの」

くるみ「私も何かにはまろうかな、趣味」

私「さがせば？　私はいいけど。あ、私もはまるようなのをさがしてよ。この山登りみたいに、年に数回……強制されないような」

くるみ「私も強制はイヤ」

私「そういうのが小さく5個ぐらいあればいいんじゃない？」

くるみ「温泉も好きだよ」

私「うん……でも、温泉はただ入るだけだし……。もうちょっと自分で何か……やりがいがあるような、自分が高められるようなものじゃないと……おもしろくないかもね」

わきを、楽しくおしゃべりしながら女性2人組が通り過ぎて行った。
くるみ「あのふたり、楽しんでるみたいだね」
私「うん。いいね、ああいう人は」
くるみ「うん。ずっと笑ってたよ。さっきあっちでお弁当食べてた人たちだよね」
新燃岳から中岳を見る（299）。そのむこうに高千穂峰を見る（300）。新燃岳山頂の看板の前でヤッホー（301）。
まだつぼみの多いミヤマキリシマがぽこぽこ足元に点在する中（302）を、先へ進む。
くるみ「笑いがとまらない」
私「なんで？」
くるみ「もうすぐ完走と思うとうれしくて」
私「ランナーズ・ハイじゃないの？　トレッキング・ハイだね。さっきの女の人たちと気があうかもよ」
14時23分。私が天国と呼ぶあの斜面が見えるベンチへ到着。木道の上で空を仰ぐ（303）。湯之野登山口からのT字路にあたる、私の好きなポイントその3。好き度は、ナンバーワン。

ここって、秋はススキ野原になるんだね。枯れた茎がすごいいっぱいある（304）。風が吹くとさーっと右に左にゆれるんだろうか。よさそうだなあ、その景色も。
溶岩をくだいた石が登山道に撒かれている。これに似せたお菓子があったなあ。溶岩の砂糖菓子。穴がぼつぼつ開いていて、溶岩そっくりの。
杖をさっきのベンチに忘れたくるみちゃんがとりに行った。こっちに向かってくるところをパチリ（表紙のカバー写真）。
ここから中岳まではゆるやかで牧歌的なコース。高千穂峰がどんどん近く見える。天孫降臨の地という伝説があり、昔より信仰の山として崇《あが》められた霊峰。てっぺんには天《あま》の逆鉾《さかほこ》が立ってるらしい。
私「このあいだの霧島神宮って誰が祀《まつ》られてるか知ってる？」
くるみ「知らない」
私「天照大神《あまてらすおおみかみ》の孫のなんとかのミコト（ニニギノミコト）。三種の神器を手に持って高天原《たかまがはら》に降り立ったって。日本を造った、人？　神？　でもそれ、だれが見てたんだろう。だれが言ってるんだろう。証拠があんのかな？」
くるみ「知らん」
私「言ったもの勝ちだったりしてね」

くるみ「うん」
私「この霧島って、日本最初の国立公園なんだって」
くるみ「ふうん」
私「坂本龍馬も、天の逆鉾を見ようとして妻のお龍と登ったっていうし、高千穂峰にも、秋にでも登ってみる？」
くるみ「うん」
観光案内所に、龍馬が姉の乙女に宛てた手紙のレプリカが展示されていて、その中で龍馬は登山のことを詳しくイラスト入りで記述しているそう。それも見たいなあ。
私「でもあそこ、小学校の遠足でたしか登ったけど、石がすごいよね。瓦礫《がれき》が上から落ちてきたり。ずるずるすべるし」
くるみ「そうそう、くずれてくる……岩場だよね」
私「でも天の逆鉾っていうの、見てみたいな。天狗の面に似てるって」
くるみ「なにそれ」
私「てっぺんにあるっていう剣《つるぎ》の置物。……人が作って置いたのかな？」
霧島神宮はもともとはこの高千穂河原にあり、今は古宮址《ふるみやあと》の大きな岩だけがある。そこで11月10日の夜、御神火祭が行われるのだそう。燃えさかる炎に祈願札がくべられ、多くの参

316

317

318

319

320

321

323

324

322

325

327

326

329

328

330

331

332

333

334

335

336

337

338

339

340

342

341

343

345

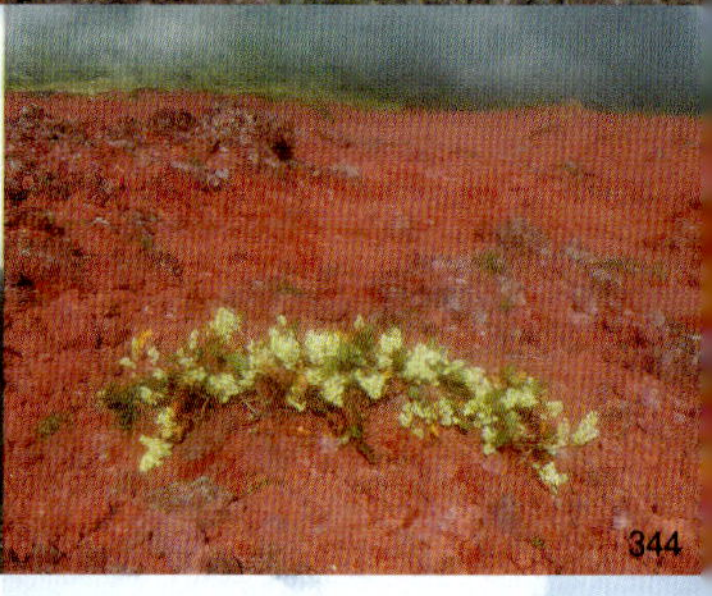
344

347

346

348

349

350

351

352

353

354

355

357

356

359

358

又山上にのぼりあまのさかほこ見んとて　妻と両人つれにて　はるばるのぼりしに　立花氏（橘南谿）の西遊記ほどにはなけれども　どうも道ひどく女の足にハむつかしかりけれどもとうとう
馬のせこえまでよぢのぼり
此所にひとやすみして
又はるばるとのぼり　ついにいただきにのぼり　かの天のさかほこを見たり。其形ハ
←是ハたしかに天狗の面ナリ　両方共に其顔が　つくり付てある
からかね也

やれやれと　こしおたたいてはるばるのぼりしに　かようなるおもいもよらぬげにおかしきかおつきにて
天狗の面があり　大に二人が笑たり

口此サカホコハ少シうごかして見たれバよくうごくものなり又
あまりにも両方へはなが高く候まま両人が両方よりはなおさえてエイヤと引きぬき候時ハ　わずか四五尺ばかりのものにて候間
又々本の通り　おさめたり
あらがねにて　こしらえた　ものなり

イ～ロ・此間ハ山坂焼石ばかり
男子でものぼりかねるほど
きじなること　たとえなし
やケ石さらさら　すこしなきそうになる
五丁ものぼれバ　はきものがきれる
ロ～ハ・此間殺ノ　馬のせこえなり　なる
ほど左右　目のおよハぬほど下がかすんで
おる　あまりあぶなく　手おひきゆく
ハ～ニ・此間ハ大きニやすく

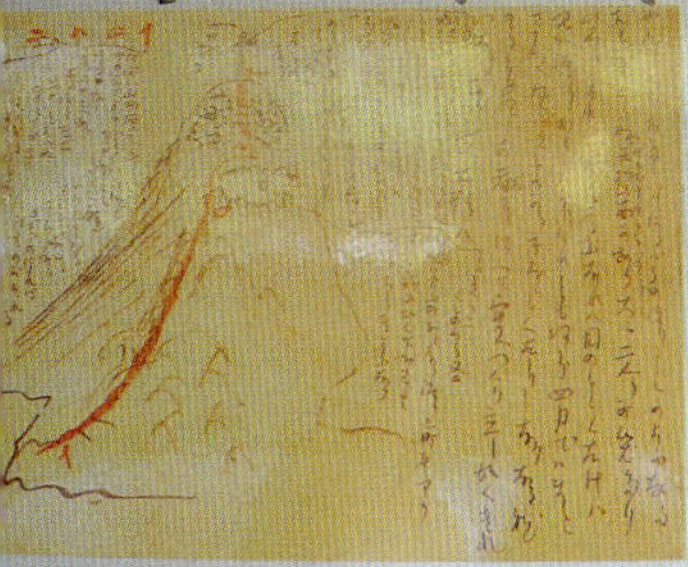

此穴ハ火山のあとなり　渡り三丁ばかりアリ　すり鉢の如く下お見るニ
おそろしきようなり

←此所ニきり島ツツジ　オヒタダシクアル

なる
かすんで
ゆく
なる

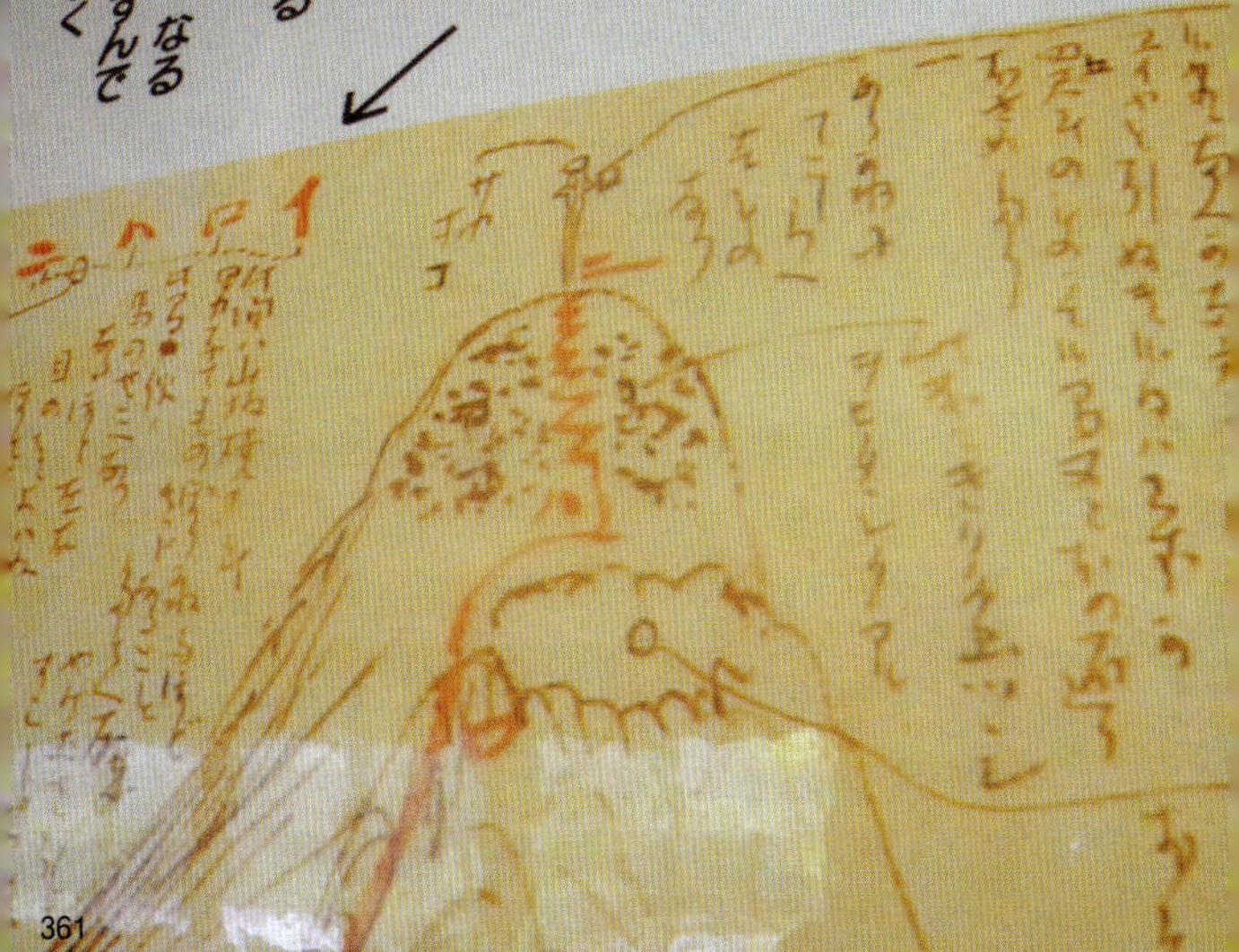

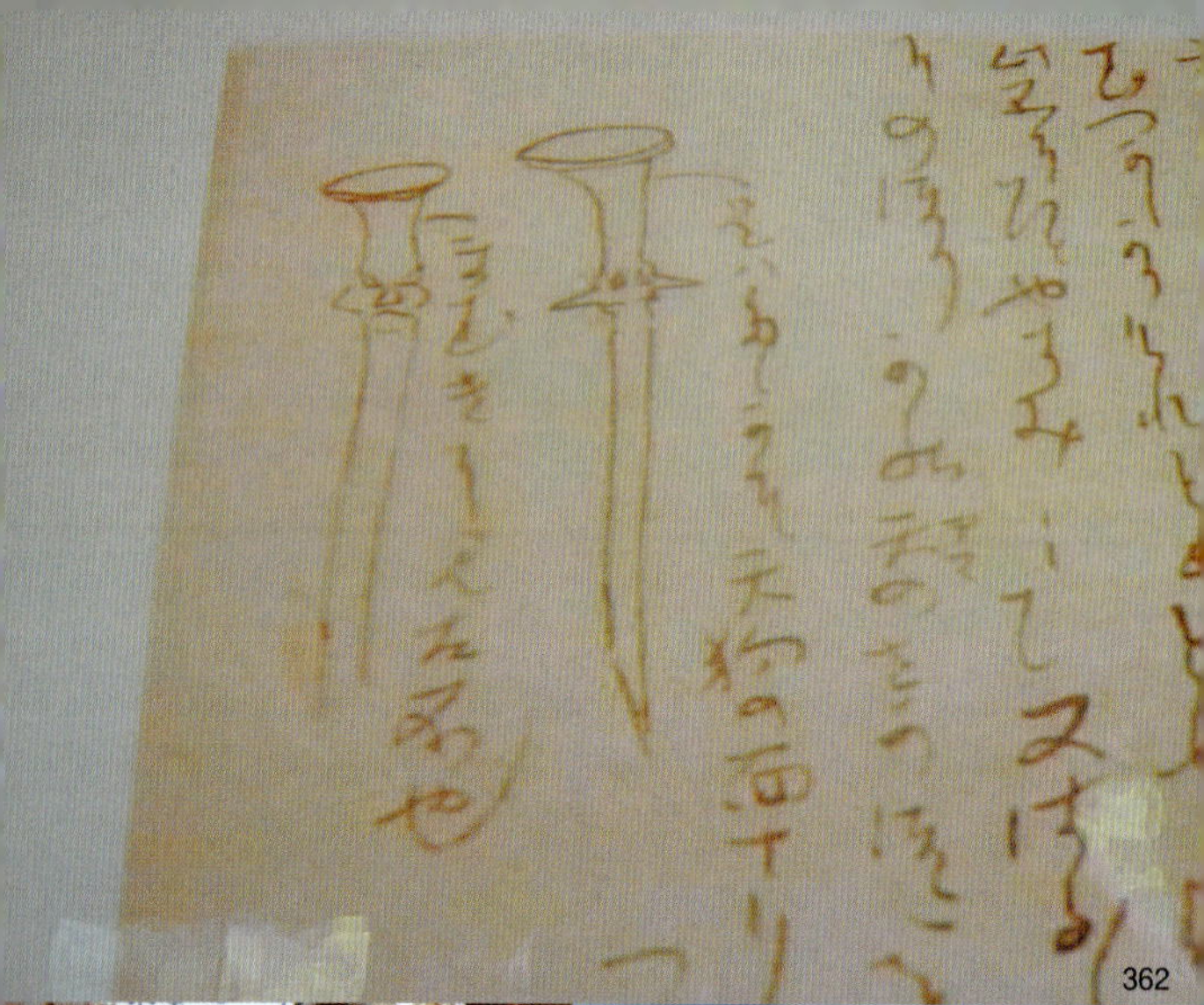

362

364

363

366

365

368

370

371

369

372

373

374

375

376

377

378

381

379

380

382

385

383

384

387

386

388

390

391

389

列者が祈りを捧《ささ》げる……なんてちょっと見てみたい。どんな雰囲気なんだろう。

中岳へは低いツツジの木が広がっていて、なだらかないい散策だ。足元には白いのや水色のハルリンドウや黄色い小さな花がコンペイトウのように散らばっている（305）。
私「このあたりのツツジが咲いた頃、また来たいね。ぽこぽこ、かわいいだろうなあ。おとしはたしかその頃来たよね。5月の末から6月はじめ頃か」
くるみ「また来ようか」
私「高千穂河原から新燃岳までのコースでいいね。天国まで」
くるみ「うん」
私「こんどは天国でゆっくりしようよ。コーヒーとか、ちょっとしたおやつとか持ってきて。のんびり本とか読んでもいいしね」
くるみ「そうしよう」

寝転がれるマットとか、持って来たいなあ〜。
私「ちょっと低いけど甑岳もいいよ。頂上が広がってて湿地になってて、モウセンゴケがあるの。そこも行こうよ」
くるみ「うん」

私「山登りも遠くだと前もって予定を立てなきゃいけないから大変だけど、ここだったら家から近いからさあ、明日天気よさそうだから登ろうかってできるからいいね。いろいろ文句も言ってたけど、案外いいところに住んでるかもよ、私たち」
くるみ「そうだね。干渉されないしね」
私「そうだよ。自分からあえて出向いて話を聞きに行かないかぎり。じっとしてたら、だれにも干渉されないよ」

中岳の頂上。ここからのくだりが急なのです。相当疲れてるので、急なくだりは足にこたえる。足が重くて、下へ行かない。
私「足がほわんほわんしてる」
くるみ「左足が悲鳴あげてる〜」
私「まるで足が、きょうはもう充分運動しました。ありがとうございます。でももうけっこうでございます。ホント、よかったです。でももういいですので〜って丁寧に感謝しながら後ずさっていくみたい……。もうちょっとだから、頑張って！　足さん」
見下ろす新緑がここもきれい（３０６）。場所場所で植生も景観も変わり、変化に富んでいる。

私「ずっと使ってなかったら井戸が錆びて使えなくなっちゃったから、修理してもらうことにしたんだ。なんでも使わないとダメになるよね」
くるみ「うん。家もそう」
私「家は顕著だよね。人が住まなくなるとね」
やっと急なところが終わり、あとはツツジの間を歩くだけ。と思ったら、石の階段が続き始めた（３０７）。これがまた足に痛い。石が。
私「この石段とか、木道の木を作った人がいるっていうのがさ……」
くるみ「すごいよね」
私「うん。本当に大変だと思う。重いのに。こんなにたくさん」
ところどころに花の説明の看板が立っている。
私が「あの花の写真も」と途中まで言ったら、くるみちゃんがあとをひきとって「撮れるかなあ」とか言うんだけど、いつもそれが違うのがおかしい。そういうことあるよね。途中まで言って、続きを人が言うんだけど、違ってるの。今回の場合は「あるかな」だった。
それって、その人が思いついた言葉や、その人が私がこう言うだろうと予想した言葉が違うってことで、その人の感性がかいま見えておもしろい。私も同じような場面で友だちの言おうとしていることを、先走って間違って言うことがあるし。でもそれで、とんでもなく違うことを言う人とか、正反対のことを言う人とかだと、この人って本当に私のことわかってんのかな？　と疑問を覚えることがある。案外、わかってないんだなとか、そんな変なふうに考えるんだ〜、なんか嫌だなとか、私って誤解されてない？　とか、いろいろ。あと、そんなに知り合いでもないのに、そういうふうにあとをつい言っちゃうクセのある人がたまにいておかしいよね。そういうの、うつったりもして。また、ズバリ言い当てたら、案外うれしいものだ。でも、外れるほうが多いかな、やはり。そうなるとちょっと恥ずかしい。

次は木の階段（308）。その向こうはアスファルト。下りは足にくる〜。

そして、ついに到着！　16時36分。7時間半ぐらいかかってる。けっこうゆっくりと休みながらだったしな。もう、へとへと。

トレッキングシューズを脱いで、サンダルに履き替えて車に乗り込む。

これから温泉に入って帰る。白鳥《しらとり》温泉。上の湯というところ。

くるみ「年とってさあ、足だけが痩《や》せて、細〜くなる人いるよね。あれってみっともないよね」

私「ああ〜、そうかもね」

くるみ「どんぐりにつまようじが2本みたいなね。あれ、みっともないよね〜」

私「筋力が落ちるんだからしょうがないんじゃない？」
くるみ「膝《ひざ》にも負担が大きくなるし」
私「じゃあ、運動して筋肉をつけるしかないんじゃない？」
くるみ「運動はいやだな〜」
　やけに足だけが痩せることを気にしているな、くるみちゃん。めずらしく何度も何度も繰り返している。たぶんそのことがすごく気になってるんだろうな。
私「じゃあ、どちらかをとるかの問題だよ。足だけ痩せるのがいやなら運動するか、運動が嫌だったら痩せてもいいって割り切るか、ふたつにひとつ！」
くるみ「じゃあ、痩せてもいいって、割り切るよ！」
私「うん！」
　まあまあの混み具合。ここのお湯は茶色で鉄分が多い（３０９）。硫黄の匂いもする。混んでた人々はもう出る頃だったみたいで、さーっといなくなった。景色もちょっといい。外の露天風呂（３１０）、今日はぬるかった。
　温泉帰り、ぼうっとしながら車にゆられる。
くるみ「今、長男が家にいるでしょう？　私の母が、あの悲観的でグチっぽい母が、このままだと大変って、しつこく言うんだよね……」
私「私もね、大学を卒業してから就職もせずに一回宮崎に帰ってきたんだよ。そして半年ぐらいいたんだよ」
くるみ「でもその時はもう仕事をしてたんでしょう？」
私「ううん。なんにもしてなかった。庭で野菜育てたり。それでね、その時に一回、なんにもない状態になったことが、すごくよかったと思うよ。普通はみんな、小学校から中学、高校、大学、就職って、まるで後ろから押されるみたいにして次の生き方を決めなきゃいけないでしょ？　それって、本当にレールの上に乗せられて進んでるような気持ちだよね。それを一回抜けるって、悪くないと思うよ。私はすごくいいことだと思うけどね」
くるみ「へえ〜。その話、息子にしてあげよう。なにしろ母が、このままじゃ大変って、すごく心配してるから……。本当にいやだなあと思う。あの性格」
私「それ、はっきり言えないの？」
くるみ「一回言ったことがあるんだけど、そしたらすごくショックを受けて泣いて、具合まで悪くなっちゃって」
私「ふうん。もう性格なんだね。根づいてるんだね。しょうがないのかなあ。
　でも、そのお母さんの性格が反面教師になったんじゃないの？　くるみちゃんはグチグチ、全然言わないじゃない。そう思うと悪いことばかりじゃないよ。いい作用もあるよ」
くるみ「うん……。そういえば、息子はずっと運動ばっかりしてて学生の頃、父親と一緒にいる時間がなかったから、今、一緒にいるのかも。きょうはおとうさんと遊んであげようかなって言うと、旦那が朝からにっこにこして嬉しそうにしてる」
私「ホント？　それ。それは大事かも。いいじゃん。……ふたりで何して遊んでるの？」
くるみ「鳥を捕まえに行ったり」
私「ふ〜ん。じゃあ、息子に長くいてもらってもいいんじゃない？　貴重だよ、そんな時間」

次の日から、ものすごい筋肉痛！　段を下りれない〜。
けれどやり終えた感がありました！

新燃岳のツツジを撮りにまた登ろうねと約束した。縦走したから、ひとつだけ登るなんてもうらくらくの気分です。やはり、大きな困難を乗り越えると、それよりも小さなものがきてもなんとも思わないって本当だ。こないだまではあんなに山登りなんてもうしたくないと思っていたのに。この変化。そして高千穂峰も今度登ろうねと言い合っているところ。

ということは、大きな苦労は本当に人を成長させるということだ。それよりも小さな苦労を苦労に感じない。だから若い時期に苦労した人は落ち着いてるんだな。困難を乗り越えてこそ、人の器は大きくなるんだ。苦労というか、経験が少ない人って、確かに言ってることがリアルじゃないし、話していてもすぐに行き止まりになってそれ以上外に広がらない感じがある。小さなところで自分を守って危険を恐れてむやみにびくびくしてる人がいる。知らないから怖いんだ。知ったら怖くないのになあ。いろいろと文句いったりグチいったり心配性だったり過剰に不安になる人って、実際に行動を起こしてない人に多い。あれこれ考える前に試してみようと思う人は、そんなやたらにグチらない。

くるみちゃんも、「あの縦走は私の人生にとって大きなものになった」と言っていた。

私がハハハと笑ったら、「自信がついた」って。

私「確かに、最初は縦走なんてとんでもないって。雲の上の話だったよね。でも、やったらできたね。私はね、この場所を見直した。あの山っていいなって思ったよ。だから、あんな山が近くにあるここって案外いいなって。

……じゃあさ、エベレストに登った人は、これのもっとすごい気持ちなのかな」

くるみ「……私はここでいい」

私「私も」

私の好きな、あの天国。

あそこに着くまでがどこから登っても急だけど、上に着いたらなだらかな草原が広がっていて本当に気持ちいい。

天国に、また行きたい。

天国とツツジ　2007年6月4日（月）

私の大好きな天国と新燃岳にツツジが咲いたところを見たいと思い、梅雨の晴れ間の今日、登ることにした。えびの高原へ上がると、曇ってきて霧が低く流れ始めた。車からでるとものすごく寒い。けれど、岩肌にツツジが満開でピンク色の桜でんぷをまぶしたよう。

「わあ」と言いながら眺める。きれいだ。霧が覆ったり、流れたり。登山をする人たちが完全装備で流れる霧の間を登っていくのが見える。私はヤッケも持ってきてないし、あまりにも寒いし、視界も悪そうなので、今日はやめることにする。家から山を見て山頂が見えていたら、その日に登ろうと話す。今週中ならまだ花は綺麗だろう。斜面の幻想的なツツジを写真に撮って（311）、早々に車に引き返す。

「今日は、どこかで温泉に入って帰ろうか。私は肩こり、くるみちゃんはひじの痛みと、それぞれに痛みをかかえてるので、今日はゆっくり休めということかもよ」

「そうだね～」

「どこの温泉にする？」

以前に行こうとして場所がわからなかった関平《せきひら》温泉にしよう。そこは、関平鉱泉という水が有名で、どんな病気も治るなんて噂が流れていた。私も東京にいた時、しばらく取り寄せていたこともあった。面倒になっていつのまにかやめたけど。そこに貸切風呂があると聞いたので、そこへ行ってみる。

探して、見つけた。大きな看板もなく、それほど商売熱心ではないようだ。貸切風呂の方は関平温泉ではなく、新床温泉という名称らしい。関平温泉は併設の大衆風呂で、そこは今日は午後からだった。貸切風呂を2時間借りる。ふたりで1800円。

入ると、小さな内風呂と、テラスに露天風呂（312）、その横に小さな休憩小屋。

温泉は薄く白っぽい色でやわらかく、長く入っていられる。かなりあたたまってから、ゆっくりとあがった。強風で、露天風呂の日よけのパラソルが恐ろしい音をたててバッターンと倒れた。帰りがけに受付の人にそのことを伝える。

関平鉱泉売り場の売店で野菜とパンやそばを買い、近くの牧場肉屋でお肉を買って帰る。

帰りの車の中では、ものすごくけだるかった。温泉が効いたようだ。

この日は帰ってからも一日中、だるかった。

天国とツツジ　再トライ　2007年6月6日（水）

2日後。今日は晴れ。家からも霧島連山の稜線がはっきり見えた。今日は大丈夫そう。くるみちゃんにメールして、準備ができたら来てねと伝える。来た。

途中の水場で、いつものようにペットボトルに水を入れる。

9時20分、高千穂河原を出発。小学生の遠足バスがとまり、大勢の小学生が赤帽をかぶってぞろぞろおりてきた。それはそれはにぎやか。この集団と一緒にはなりたくないねと言い合う。

ビジターセンターで『霧島の花ごよみ』という花のガイドブックも買って、それを見ながら登る。登山道の入り口にいつも、木の枝を利用した杖がたくさん置いてあるのでそれを借りようと見ると、今日は2本しかない。一本は短すぎ。もう一本はちょっと先の方がしなって弱そうだけど、しかたないのでそれを借りる。コガクウツギという花が登山道の脇にたくさん咲いている（313）。

最初のだらだら登りがかなりきつい。汗がでる。石段と木道が1時間も続く。階段の段差に自分の足を合わせるのがつらい。自然の岩や土の斜面なら、自分の目測で段取りを立てられるから楽なんだけどな。こっちから回ろうとか、ここはこきざみに行こうとか。気温も高かったせいか、もうかなりバテて、山登りはもういいかなと弱気に思う。ふりかえるとこう見える（314）。中岳という山に登る手前にほぼ垂直かと思われるような急な岩場（315）があって、そこをおりてきたおじさんとすれ違い、「花見物ですか？」と聞かれたので、「はい。新燃岳に」と言って通りすぎたら、うしろのくるみちゃんに、「あんまり思ったような花じゃなかったね〜」とこぼすように言ったそうだ。

キャーキャー声がするので振り向くと、あの小学生の赤帽の列が蛇行した道にそって赤いへびのように進んでくるのが見える。「ヤッホーヤッホー」と叫ぶ声もすごくよく聞こえる。来るんだな……こっちへ。

やっと中岳に着いた。ここからはすごくなだらかな気持ちのいい歩きだ（316〜319）。うきうきと軽快に散歩気分。いちばん楽な道かもしれない。ミヤマキリシマはまあまあか。それでも歩いてるだけで楽しい。天上の花の絨毯《じゅうたん》……ってほどじゃないけど、花のちぎり絵って感じ。

中岳から私の好きな天国へ下りて、そこから新燃岳に登ってツツジのぼこぼこを見るのが今日の目的。下りる途中男性が通りすぎて行った、通りすぎながら「今年はよく咲いてます。

花芽を虫に食べられてないですね」と言った。

　ちょっといい気持ちになる。で、さっきのきれいじゃなかったと言ったおじさんと比較する。

私「さっきのあのおじさん、あんまりきれいじゃなかったって言うなんて、ちょっと嫌だよね」

くるみ「うん。私たちがこれから楽しみに行こうってしてるのにねえ」

私「今の人はよかったよね。さっきのおじさんと、今のおじさんって、それぞれの人生を想像しちゃう〜。最初のおじさん、ああやって人にグチこぼすみたいに毎日生きてるんじゃない？　自分のことしか考えてないよね。今のおじさんがいいな」

　見ると、新燃岳の頂上に、遠くからでもあざやかなピンク色が見える。中岳から下る途中で新燃岳を見る（320）。天国の木道、中央右がよく休憩するベンチ（321）。

　天国を通過して、新燃岳への木道がまたきつかった（322）。これまた間隔がおしきせなので。何度も、何度も立ち止まって休憩しながら登る。他の人もそうやってた。でも立ち止まって振り向くと高千穂峰がきれいに見えて気分転換になる。

　だんだん上に登ると、きれいなツツジのぽこぽこがはっきりと見えてきた。思ったように満開だ。ぽこぽこに吸い込まれるように、急いで近づく。

ヤッター！　ぽこぽこのツツジを見られた！　ばんさーい。

うれしくて、たくさん写真を撮る。エメラルドグリーンの池のまわりにもぽこぽこ（323）。ぽこと私（324）。ぽこぽこたち（325〜329）。

そして11時45分、お昼ごはん。おなかもぽこぽこ。いや、ぺこぺこ。

花の間、ところどころに人がいて、みんな高千穂峰の方を見てごはんを食べている。やはり、どうしてもあっちを見てたべるよね、みんな。だれもかれもすべてそっちを向いていておもしろかった。こうやって見ると、高千穂峰ってきれいだな、やはり。神話の伝説が生まれるのもわかるような気がする。でも、あれは登るのは大変。石が岩がずるずるとすべって、そのままざーっと滑り落ちて行くし。

ゆっくりと食べていると、あの赤帽がじりじりじりじりとこっちへ向かってくる。中岳を越え、天国を通過して、どうやらこの新燃岳へ向かっているようだ。

「早くお弁当たべたーい！」なんて声が聞こえる。

「来るよ来るよ〜」とくるみちゃんと見る。

食べ終わる頃にやってきた。みんなでうしろのあたりでお弁当を食べ始めた。

「だれか、ぶどう交換して〜」なんて声が聞こえる。

くるみちゃんが「子どもたちの弁当って、興味あるなあ。どんなんだろう？　今のお母さん方って」と言うので、ちょっと花の写真を撮ってくると言って、撮るついでにお弁当を眺めてきた。

「ちょっとちょっと、あのね、み～んな同じ、仕出しの弁当箱だよ！　業者に注文したんだ」

「ええ？」と驚いてる。寂しいような、でもその方がお母さんは楽なのかもねと、くるみちゃんは複雑な面持《おもも》ち。

私「私はお弁当ってあんまり好きじゃないから、私だったらその方がいいかも。あの弁当箱のなかに食べ物が密閉されて、揺れるのがすきじゃないんだよね……。弁当箱の閉塞感が。そしてお弁当箱を洗うのも」

くるみ「弁当箱を洗うのは私も好きじゃない」

しばらく甘栗を食べたりチョコをなめたり、花のガイドブックを見たりしながらのんびりした。

この小学生のかたまり（330）と一緒に下山するのは嫌だから、そろそろ下りようかと、下り始める。高校生のかたまりも嫌だけど、小学生も嫌だよね。なんかキャラキャラぴちぴちうるさそうで。で、12時30分下山。くだって、天国を通過して、中岳に上がって、中岳の散歩道を歩いていたら、うしろから賑やかな声がするので振り向くと、赤帽がぞろぞろ下山してきてる。またへびのように一列になって斜面を下ってる。

私「来たね〜」

くるみ「追い越されたりして」

私「子どもは軽いから速いよ〜」

と言ってたら、進行方向から誰かが走ってくる。山の上でそんなに走る人を初めて見たので、驚く。

くるみ「先生かなあ」

私「あんなにだらしない格好はしないよ」

だらっとした白いTシャツに目が覚めるようなブルーグリーンのジャージだ。小太りで、はあはあ息をさせながら、苦しそうに走ってくる。

すれ違うときに見ると、なんとなくこっちをすがるように見たので、

「どうしてそんなに急いでるんですか？」と聞いたら、

「晴れたからエメラルドグリーンをつかまえようと思って！ さっきは曇ってて、一回下りたんだけど、ひきかえしてきたんです。雲が晴れてきたから、ハアハア、でもまた雲がでてきてる」

「頑張ってください。この雲、また晴れますよ」

「追いかけます、ハアハア」と言って走って行った。
新燃岳の火口湖のエメラルドグリーンを太陽の光の下で撮りたいのだ。でも、あんなに走って……。新燃岳に登る苦しい木道があるっていうのに。変わった人だ……。
ひとしきりくるみちゃんと笑いながら、その人のことについての感想を言い合う。
中岳の頂上に着いた。これから急角度のくだりが始まる。
向こうから、犬を連れた男性が来た。和犬だ。
私「あ、犬ちゃんだ。かわいいね。頭の上の毛が茶色というよりもオレンジ色っぽいね。あの急な崖《がけ》を登ってきたのかなあ」
くるみ「犬はそう大変じゃないかも」
私「うん。犬もうれしそうだね。こんな大自然の中をご主人様と一緒に登山って。野生の気分で」
くるみ「うちのは無理だな」
私「そお？　低い山だったらいいんじゃないの？」
くるみ「うちの、最近朝がすっごく早くて、5時半ごろに私の部屋のドアの前でごそごそしてる。ほっとくとあきらめて行くけど。そして、朝ご飯食べて、もう一回寝るの」
私「昼間はなにしてるの？」

くるみ「ずっと寝てる」
私「でも、庭仕事してるんでしょ？」
くるみ「？　？」
私「？　……ギャハハ～！　旦那さんの話してたんだけど」
くるみ「犬のこと話してた！」
私「だから、ドアの前でごそごそってとこ、なんか変だと思ったんだよね」
くるみ「庭仕事で、あれ？　って」
　笑った。犬とご主人様一緒に登山のところで、私はご主人、くるみちゃんは犬の方へ進んだみたい。

　崖のような急斜面を下りる。岩の形を見ながら、足で踏ん張って、杖で支えて。杖があってよかった。本当に、今度買おう。高千穂峰に登るまでには絶対に。
　急斜面が終わったら、今度はだらだらとした石段の下り坂で、ここも意外に疲れるところだということを思い出す。見ると、高千穂峰がすごくはっきりくっきりと見える。御鉢の上部の地層がバウムクーヘンみたいになってるところも（331）。土の色が赤茶色のところも。カッコウが鳴いてる。カッコウカッコウって。先月来たときは鳴いてなかったような気がする。

私「山登りをしてて、毎回、いろんな人と会うじゃない？　それぞれに印象を残してすれ違うだけだけど。おもしろいよね。山登りってある意味、人生に似てるね。いつも人生にたとえちゃうけどさ。いろんな人が印象をひらめかせて通りすぎていく。それを見ていろんなことを感じて。人のことを見る人、見ない人、自分の考えにふける人。どの山登りも、一回一回違うよね。同じ山でも日が違えば全然、天気も見える景色も違うし、出会う人も違う。季節と天気と出会う人が３大要素だね」

　右の方を見ると、新緑がまだきれいだ（332）。こういう景色を見ると、空を飛んでみたくなる、とくるみちゃんが言う。

私「ほんとだね。もし飛べたらどこを飛ぶ？」

くるみ「やっぱりこの緑の上をひゅーって、向こうまでくる〜っと」

私「うん。そして、あの高千穂峰にも行って、韓国岳も、全部を近くから見てみたいね。いつもは見えない角度から。そしてその時は、体は透明がいい。だって、人も見てみたいもん。ぐーんと近づいて」

くるみ「うん。ふふふ」

しばらく歩くと、トカゲがいた（333）。きょうはよく見かける。トカゲが苦手なくるみちゃんは嫌がってる。でも、先日は、洗濯物干し場の上にできてるスズメの巣をねらってへびが来ていたらしく、洗濯物を干してたら目の前にへびがどさっと落ちてきてすごく驚いたのだそう。叫んだって。きゃーって。ふふ。気の毒。

で、このトカゲ、さっきまでのトカゲとまた種類が違って、照りがすごい。テカテカしてる。あごの下はオレンジ色。くるみちゃんは、「へびじゃないの？」なんて言ってる。

「へびじゃないよ。足があるじゃん」

あまりの照りに、手足を見てるにもかかわらず、へびかと思ったんだって。

しかも動かない。アリをねらっていたようだ。このへんの石も溶岩の砂糖菓子みたいだ（334）。いや、もっと穴がぽつぽつあいてた。溶岩も、お菓子も。するとうしろから、またきゃらきゃらした子どもたちの声が。

「来たー！」

ついに来た。もう来た。逃げろ。子どもは軽いから速いよ〜。

ふりむくと岩場に赤い列が見える。

「あの岩場を下りてくるんだね」でもしばらく行っても、まだ来ない。よく見ると、列の動きが止まってる。そうか、危ないから急なとこ、一人ずつゆっくり下ろしてるんだ。

「でも、先生がいて安全は確保しつつ、ちょっと無理なことをするのって、すごく子どもを成長させるよね。自信がつくよね。……安全にちょっと無理なことをするって……」

下に着いてからサービスセンターに行ったら、有料の双眼鏡があって高千穂峰の天の逆鉾が見えると書いてある。見てみた。見えた。剣みたいなのが立ってるのが。

高千穂峰　2007年10月3日（水）

さて、秋晴れが続くこの日、ついに最後の難関、高千穂峰に登る。岩がズルズルとすべり、危険な斜面のある山だけど、ついに決心しました。やはりあの難関を制覇しなくては終われません。

コンビニでおにぎり3個とチョコなどを購入。前はよくおにぎりを作っていたけど、たまにはそれも簡略化。かえって肩の力がぬけていい。

行きの車の中で、いつものよもやま話。最近だした『流氷にのりました』と『銀色ナイフ』をあげたので、その感想。流氷は、おもしろかったって。特に露天風呂の写真。そしてスノーダッキーの絵。ナイフは、くるみ「本によっていろいろ違うんだね。役者さんみたい」
私「うん。その時に書いてる本にあわせて、そのつど脳にアンテナが立つ感じ。その本用の感受性になる。こないだまでテレビ評を書いてたんだけど、その時はテレビに出てる人を見るとすぐになにかを感じようとしてたけど、今はもう書き終わったからよっぽどじゃないと何も思わない」
くるみ「……そして思ったのは、私はこの作者の銀色さんじゃなくて、みきちゃんと友達なんだな、って」
私「うんうん」
　将来の話になって、
私「私、そのうち行けるようになったら、どこか外国でしばらく暮らしたいんだよね。ものすごく孤独を感じるだろうけど、その孤独な感じにひたりたくて」
くるみ「そういう孤独なところに行くとしたら、何を持っていく？」
私「……何も持っていかないと思う。持って行きたいものはない。必要なものは現地調達で。何か持って行きたいものでもあるの？」
くるみ「いや、私だったら何を持っていくかなあって思って……」

途中の湧き水のところで空のペットボトルに水を入れる。またたくさんの空の水タンクを持った夫婦が水を入れに来てる。湧き水はふたつの蛇口からジャージャーながれっぱなしで、無料だし、いつもここには水を求める人が群がっている。みんなかなり大量に車に積んでいくんだよね。おいしいっていう評判。それにしても、ここで大量にタンクに入れてく人たちは、ちょっと苦手。なんかせこせこしているような、あさましさを感じる時がある。ゆったり落ち着いてないというか、ゆっくりのんびりしてるんだったらいいんだけど、今日も「それだけですか？」なんて聞かれたし。小さいペットボトル2本だったら、入れてもいいよ、みたいな。

10時に登山口について、登り始める。ここのサービスセンターに坂本龍馬が新婚旅行で高千穂峰に登った時のことを書いた手紙の写真が展示してある。先日ちらっと見ただけなので、帰りにじっくりと見たい。

最初は杉林の中の石の階段を登る。それから赤茶色の山肌にでて、上に行くほど、ずるずるすべりながら登る（335〜337）。けど、昔登った時はもっとすべっていたような気がする。時間がたち、だいぶん岩肌が露出してきたのか。それでもところどころでずるっとすべる。赤い土の色も朝は水分が多いのでより赤々と見える。岩には苔のような小さな植物が霧にぬれてとてもきれい（339、340）。11時半に最初の手前の山の頂上（338）、火口の縁に着く。涼しい。火口がすり鉢状に見える（341）。ここからは馬の背と呼ばれる火口の縁の道（342）で、馬の背骨のように、左右が切り落とされたように細い。風が強いと飛ばされそうになる。霧がでると左右が見えなくなるので大変危険だ。ここを越えることを「馬の背越え」という。時々霧がかすめる（343）。赤い地面に黄色い花が咲いていた（344）。その火口の周囲を3分の1ぐらい歩くと（345）、そこから道は左に折れ、目の前に頂上がそびえ立つ（346）。しばらくなだらかに下る。ここでほっと落ち着く。でもふたたび登る。赤茶色の岩が砕けてずるずるした斜面。最初ほどではないけどかなり勾配がきつく、何度も休みながら登る。途中でふりかえると、さっきの火口とその縁の馬の背がよく見えた（347）。

12時20分。やっと頂上に到着。

白く雲がかかって霧のようにたなびいている。早く流れたり、さっと晴れたり。天の逆鉾もあった。でもその前の岩に先にきた男性5名ぐらいがどんと座り込んでお湯を沸かしてカップヌードルを食べている。目の前に鳥居（348）もあって、頂上の石碑（349）もあるのに、とても邪魔というか、この場所で食事されたら迷惑。せっかく登ってきた思いを踏みにじられたような気持ちがする。ここは清らかな場所ですよ。食べるならもうすこしよけてくださいよ。いくら風下で風がこないからといっても、ここはダメでしょう。

私たちはそこよりもちょっと脇の、さっきの火口が眼下に見えるてごろな岩をそれぞれみつけて座った。そしておにぎりを食べる。静かにおいしく食べる。ときどき雲が切れて、火口のダイナミックな景色が見えた（３５０）。

ふりかえって、「山登りっていいね」とくるみちゃんに言う。素直にそう思った。

うんうん、と笑ってる。

景色はいいいし、天気によって変わるし、達成感はあるし、運動になる。ゆっくり食べて、チョコも食べて、景色も見た。今まわりにいる登山客は12〜13人というところ。天の逆鉾の向こうに回り、霧の中に立っていたら、下から風が吹いてきて、霧がさーっと流れて行った（３５１）。

天の逆鉾。よし、と霧の中の逆鉾を改めて見に行く（３５２〜３５４）。たしか龍馬が天狗のような顔がついてると書いていた。たしかに天狗のような顔がある。ん？　でも、あれとこれって同じなのかな。いったいいつからこれはここに設置されているのだろう……。

1時に下山開始。またなだらかな気持ちのいいところを通る（３５５）。下りは登りと違って、ズルズルすべるのを利用してすべって下る（３５６、３５７）。でも気をつけないと転ぶ。ストック（買いました、2本）を握るので肩に力が入る。だいぶん下ってから後ろをふり仰ぐと、空が青く晴れて、雲が白く光っていた（３５８）。山では雲がよく動く。

途中、もうすぐ岩場が終わるってところでくるみちゃんが派手にころんでいた。ころぶと本人ははずかしいものだ。くるみちゃんはさかんにころんだことを話題にしていたけど、第三者にとってはどうってことないので、聞き流す。

3時ちょっと前に登山口に到着した。霧島神宮跡地にある神事に使う岩を見る(359)。古宮址の斎場だ。錆びて色の剝げた賽銭箱《さいせんばこ》が置いてある。どこにでもあるな。とりあえず置いとくのかな。だれか奇特な人がいれるかと。金か……。そんなにほしいのか……。

サービスセンターに寄って坂本龍馬の手紙のレプリカをじっくり見る(360〜362)。楽しいイラストをまじえた手紙だ。天の逆鉾の絵。やはり大きさとかの記述が今あるものとは違うようだ。さっきのは3メートルぐらいあったけど、ここには4〜5尺(120〜150センチぐらい)だったって書いてある。読んでみるとおもしろかった。「天の逆鉾。両方に顔がついている。たしかに天狗の面なり。ふたりで大いに笑う。動かしたらよく動く。えいやっと引きぬいたらわずか4〜5尺だった。またもとどおりおさめた。あらがねでこしらえてあった」。また登山の記述は、絵の山のふもとをイ、馬の背の始まりをロ、馬の背を終わりをハ、頂上をニと記して、「イ〜ロ、この間は焼石ばかりで男子でものぼりかねるほど。焼石さらさら、すこしなきそうになる。五寸ものぼればはきものが切れる。ロ〜ハ、この間がかの馬の背越えなり。なるほど左右、目のおよばぬほど下がかすんでおる。あまりあぶなく、手をひきゆく。ハ〜ニ、この間は大いに心安く、すべりても落ちるところなし」だって。わあ、おんなじおんなじ。なんかうれしい。時をへだてて、同じ体験をしたんだね。ホントホント、石がさらさらね〜。うんうん。泣きそうになるよね。昔はもっとざらざらだったろうし。

神話の里・高千穂峡　2007年11月21日（水）

最近よくテレビで高千穂峡を見る。高千穂峡は、左右に岩がそそりたつ渓谷。よく人がボートに乗っている。そこは宮崎県の北西山間部にあり、私の住んでいる宮崎県南西部からはかなり遠い。九州の真ん中あたりに横たわる山々のあっちとこっちなので、直線距離だと近いんだけど山道は道が悪く、一度平野部に降りなくてはいけないから。車で行くときは太平洋岸の海沿いを行かなければならないので4時間以上かかる。なので今まで行ったことがない。が、よく考えたら、西の熊本を北上したらずっと近いということに気づいた。そうすると2時間半ぐらいだ。今までは遠い遠いと思いこんでいて行く気がしなかったけど、これなら行ける。先月登った高千穂峰と高千穂峡は名前は似てるけどこんなに離れている。

秋の紅葉がきれいそうな11月下旬、くるみちゃんを誘って1泊で行くことにした。以前からうわさに聞くだけだった高千穂峡を実際に見ることができる。楽しみ。高千穂峰と同じく天孫降臨の言い伝えのある高千穂。神妙で霊妙なその地。ヒーリングスポットだの癒しの地だの、いろいろいわれているけど、実際どうなのかこの目で確かめたい。宮崎といえば高千穂峡、やっぱりここに行かなきゃいけなかった。

家を9時に出る。高速を走って、松橋《まつばせ》インターで降りて、国道を東へ進む。空が広い（363）。途中の道の駅でお菓子などを買う。栗の渋皮煮やお米のおこし（364）。竹の皮でできたかえるの置物がかわいい。みんなこっちを見ているようだ（365）。

12時前には高千穂峡に着いた。早かった。お茶屋でそばを食べる。なにということもないそばだった。山菜いなりも1個つけた。なにということもないいなりだった（366）。そこから渓谷沿いの遊歩道を歩いて散策する。高千穂峡は、ガイドブックの説明によると、「阿蘇山の噴火で噴出した溶岩が五ヶ瀬川に沿って流れ出し、急激に冷却されたためにできたV字形の深い渓谷。溶岩の侵食による奇岩や柱状節理の断崖がおよそ7キロにわたって続き、国の名勝・天然記念物に指定されている。おだやかな流れに遊覧ボートを浮かべて渓谷を眺めることができ、日本の滝百選に選ばれている真名井《まない》の滝の周辺はひときわ美しい」そうだ。

外国人の観光客の団体が多い。細い階段や道を歩く時、前後を団体に囲まれたので苦しかった。その道は一本道なので、離れられない。話し声などいやがおうにも聞くことになる。前後の人にはさまれ、交わしあう会話にもはさまれて歩く。

たしかに渓谷は深かった。緑色の川が奥底を流れている（367）。けど、散策路に人が多くて静寂さはない。そして、寒かった。山深いだけに陽が差す時間が短い。日陰はいきなり寒くなる。そういえば私はじめじめした渓谷や滝は苦手だった。テンションがさがったままのどんよりとした気分で、記念写真を撮る（368〜371）。急な階段を下りて、渓谷沿いを15分ほど歩いて、途中でひきかえす。団体は上から下へと降りると、下にバスが迎えに来てくれるそうで、いいな。同じ道をようやく車までもどり、今度は天岩戸《あまのいわと》神社へ。天照大神が身を隠したといわれる洞窟があり、立ち入り禁止の神域になっているという。そこもよくテレビで見る。案内を申し込むとそこを眺められるところまで連れて行ってくれるのだそう。

神社前の駐車場に車を止め、おみやげ屋さんをちらっと見てから中に入る。ここもけっこうにぎわっている。受付で案内を申し込んだ。すでに数人が話を聞いているところに駆け込む。そこここの説明をしてくれてる。それから簡単な御祓《おはら》いをうけて、立ち入り禁止の扉を開けて奥へと進む。左手奥のくぼんでいるところが洞窟の跡ですとのこと。でも、ただ木がわさわさと生い茂っていて、木しか見えず、なにということもなかった。その木の向こうって言われても……。写真撮影も禁止だし、はあ、そうですかとぼんやりそれでもしばらく見る。

そこを出て、古代イチョウ（372）や神楽殿《かぐらでん》（373）を見ると説明は終わり。ぶらぶら参道を歩き、この神社で唯一かわいいと思った小さな石づくりのふくろうがくっついてる石灯籠《いしどうろう》みたいなのの写真を撮る（374）。それから、そこから歩いて500メートルほどの川沿いにある天の安河原というところへ行く。天の岩屋にこもってしまった天照大神を引き出そうとした「岩戸開き」の神話があるところ。この洞窟でたくさんの神様が話し合ったのだそう。てくてく歩く。みんなぞろぞろ歩いてる。ふつうの道路や人んちの前を歩く。

着いた。鳥居と社《やしろ》が建てられていて、無数の石が積み上げられている。賽の河原のよう。くるみちゃんが「気持ち悪い……」とつぶやく。たしかに（375）。

何人かの観光客がお参り帰り、くずれた石をふたつみっつ積み上げていってる（376）。薄暗く不気味。石を積みながら願いを祈る慣習があるということだが、みんな自分の願いごとを願いまくっているような感じがして、人の欲がうずまいているようだった。スピリチュアルですごいパワーが感じられる、心が神妙になるなんていう評判だったが、私たちはただ不気味としか思わなかった。思ったよりも小規模だったし。記念写真を撮ってから（377、378）また来た道をてくてく戻る。

それから高千穂神社へ。古そうな神社だ。まるく狩られたツツジの紅葉がきれい（379）。創建は今から1900年前と伝えられている。大きな木がたくさんそびえ立っている。秩父杉（380、382）。夫婦杉。大イチョウ。

夫婦杉（381）は、この廻りを手をつないで3回廻ると夫婦友人むつまじく家内安全で子孫は繁栄の3つの願いが叶うと伝わっているとか。ふうん。だれがそう決めたんだろう。夫婦、友人、婚約者の方が手をつないで廻っている姿が絶えません、だって。ほんとかなあ。くるくる廻ってるのかな。今日はカップルは一組しか見なかったが、廻ってはいなかった。

それから、前のみやげ物屋（383）をのぞいてから、高千穂峡の下流のボート乗り場へ行ってみた。私たちはさっきそこまで行かなかったから。3時すぎたし、もう観光客も少なくなったんじゃないかと思い。それでもまだ駐車場はいっぱいでどうにかすべりこめた。ボート乗り場一帯は、わりと広々としていて、渓谷の切れ込みぐあいもよくわかる。橋から滝も見えた（384）。さすがに今ごろのボートは寒そう。でも乗ってる人もいた（385）。そこをちらりと見て、でっかい鯉《こい》がいる池を見る。本当に大きな鯉だ。この辺の紅葉はきれい。ほんのすこしテンションが上がった（386〜388）。でも駐車場に生《な》ってた赤い実はそれ以上に赤く鮮やかだった（389）。

私が思うに、ここは夏の暑い時期、ボートに乗ってすずむのがよさそう。人が少ない時間帯を選んで、静かに澄んだ空気を吸い込むのだ。今は寒すぎる。

今日宿泊するホテルへと向かう。着いた。そこは古くボロボロだけど、新しく増設した離れだけがきれい、という宿だった。食事処は新しく、仕切りで区切られて何組かで食事する。昔ながらの料理。都会の人が喜びそうな内容だけど、私たちは田舎料理に慣れているので新鮮味はないが、胡麻和《ごまあ》え、さつまいものグラタン、赤米などおいしかった（390）。竹の中にお酒を入れて暖めたかっぽ酒をいただく。夜、1時間、観光用の夜神楽（人がお面をかぶって踊る）が高千穂神社であるそうで、送迎がでますけど行かれますか？　と聞かれたが、あまり興味がないので行かないと言う。くるみちゃんも見たくないと言ってた。毎日やってる観光用なんだもん。持参した本を読んで、寝る。夜中に目が覚めたけど、ふとんの中でじっとする。

翌朝の朝食も、古代米のおかゆや釜でたきたての自然食（391）。自称「日本一の朝食」というらしい。量も多すぎず健康的。食べながら私はポツリとつぶやく、「田舎も飽きたなあ……」。くるみちゃんが笑っている。そういえば5年前にこっちに帰ってきた頃、そば打ち体験とかこんにゃく作り、陶芸人形作りなど、いろいろやったなあ。めずらしくて。

帰りは阿蘇の南側を通って、途中の市場で野菜や魚を買って帰る。

高千穂峡……。静かな秘境というよりも、狭いところに人が多かったというイメージだ。

私の住んでるところの山の奥にも似ていた。でもこれで落ち着いた。一度行ったから。行けてよかった。夏が、すずしくていいかも。ここで撮った記念写真、すべて同じ姿勢なのが笑える。

あとがき

こんなふうに家から日帰りでいける範囲にある温泉などに、ふらりと行ってくるのは楽しいです。霧島登山もまたやりたいです。季節が変わると見えるものも変わるので。冬も雪で通行止めになってない時に、行ってみたいです。白い世界もみてみたい。

温泉はたくさんまだまだあります。おもしろい温泉、気持ちのいい温泉、変わった温泉など、これからもちょこちょこ探索していきます。温泉以外でもなにかあったら見てきます。

それではまた。

銀色夏生

この作品は書き下ろしです。原稿枚数352枚（400字詰め）。

南九州温泉《みなみきゅうしゅうおんせん》めぐりといろいろ体験《たいけん》

銀色夏生《ぎんいろなつお》

平成20年8月10日　初版発行

発行者――見城徹
発行所――株式会社幻冬舎
〒151-0051東京都渋谷区千駄ヶ谷4-9-7
電話　03(5411)6222(営業)
　　　03(5411)6211(編集)
振替00120-8-767643

印刷・製本―図書印刷株式会社
装丁者――高橋雅之

幻冬舎文庫

ISBN978-4-344-41167-8　C0195　き-3-8